動物に好かれまくる体質の少年、ダンジョンを探索する

配信中にレッドドラゴンを手懐けたら大バズりしました！

Momiji Minase
海夏世もみじ

高《たか》力《りき》涼《りょう》牙《が》
咲太の同級生で親友。何かと飽きっぽい性格。隠れた実力者という噂も。
天《う》宮《ぐ》城《しろ》美《み》玲《れい》
超人気美少女配信者。配信者名は“あまみや”ちゃん。もふもふ好きだが、もふもふからは好かれない。
藍《あい》堂《どう》咲《さく》太《た》
本作の主人公。女の子のような見た目で、動物に好かれまくる体質を持つものの、いたって普通の高校生。ひょんなことからダンジョン配信を始めることになった。
登場人物紹介

幻獣“カザンエナガ”
咲太の幻獣《ペット》の一体。真っ黒いエナガ。可愛い。
駆動《くどう》ゼロ
世界ダンジョン機構（WDO）の日本支部トップ。偉くて強い。
幻獣“餅月兎《モチヅキウサギ》”
咲太の幻獣《ペット》の一体。名前は、ピョン左衛門《ざえもん》。杵で打つと特殊効果がある。
伏見黒狐《ふしみくろこ》
謎の組織“九尾会”のボス。通称クロコ。のじゃロリ枠。
幻獣“天咬蛇《アマガミヘビ》”
咲太の幻獣《ペット》の一体。名前は、シラハ。噛まれると危ないヘビ。

第1話

「ダンジョン用配信カメラ？」

僕、藍堂咲太《あいどうさくた》は、友人から手渡されたものを受け取り、素《す》っ頓狂《とんきょう》な声を出していた。

今は放課後であり、「放課後いいもんやるよ！」と言われて渡されたのがこれだ。

友人の名前は、高力涼牙《たかりきりょうが》。

茶髪で眩《まぶ》しいオーラを放つ彼は、小学校からの仲である。

「その通り！　俺がちょっと前に買って、これでダンジョン配信しようと思ってたんだが、機械音《おん》痴《ち》なの忘れてたぜ！」

「それなら僕がやり方教えるけど……」

「いや、もうダンジョン配信飽《あ》きた!!」

「まだ始めてないのに!?」

昔から飽き性だったけれど、最近それに拍車《はくしゃ》がかかってきているような気がする……。

涼牙、色々と大丈夫なのかな……。

斜陽《しゃよう》の光が窓から差し込む教室の中、僕は膝《ひざ》の上の猫を愛《め》で、頭の上に居座るアヒルを感じ、首

に巻きつくヘビから凝視《ぎょうし》されながら、友人の心配をしていた。

「しかも、だ。俺がするよりサクタが配信する方が映《ば》える！　なんせお前は、〝男なのに美少女の見た目〟だけでなく、〝動物に好かれまくる体質〟を持ってるからな!!」

「そうなのかな？」

『にゃーお』

猫を撫《な》でつつ僕は首を傾《かし》げた。

そう、僕は動物に好かれまくる体質を持ってる。

ゆえに、道を歩けば犬に当たる（当たってくる）。猫は、僕に乗る（膝に乗ってくる）。窮鼠《きゅうそ》、僕を頼る（猫に追いかけられたネズミが僕に隠れてくる）。エトセトラ、エトセトラ……。

おかげで毎日楽しく過ごせているけれど、ダンジョンにそれは通用するのだろうか。

ちなみに、ダンジョンというのは、約五十年前に突如として地球に現れた、謎の洞窟のようなもの。

そこには、未知の生物である魔物と呼ばれる存在がいたり、超レアなお宝があったりと……。

世界は、そんなダンジョンを有効活用しようと、ダンジョン攻略の職を作ったりしたんだけど、そんなこんなでお金稼ぎをする人も現れた。

なかでも今流行っている職業は、ダンジョン攻略の様子を生配信する〝ダンチューバー〟である。

「うーん……。でもこのカメラって高いよね？」

「俺にゃあ端金《はしたがね》だぜ。ダンジョンで倒した魔物の素材ってめちゃくちゃ高く売れるし！　だから心配すんなって」

「わっ、ちょ、撫でんな！」

涼牙としては全く問題ないらしいので、僕はダンジョン用のカメラをありがたくもらうことにした。

「んじゃ頑張れよー！　俺は苔《こけ》テラリウムに挑戦すんのに忙しいからまたな！」

「ばいばい。……また変わった趣味始めてる……」

まぁ何はともあれ、今の僕は特にすることがなく自堕落《じだらく》な生活を送っているし、早速《さっそく》配信を始めてみようかな。

そう意気込んだ僕は、急いで家に帰ったのだった。

＃　＃　＃

家で〝DunTube《ダンチューブ》〟という動画配信アプリに自分のチャンネルを開設してから、ダンジョンへと向かう。

涼牙から「初めて潜るならEランクダンジョンにしとけよ～」と言われたので、家の近くにあったEランクダンジョンに潜ることにした。

「ここがダンジョンかぁ。興味なくて一度も入ったことなかったんだよなぁ」

目の前には大きな洞窟の入り口がある。

巨大な生き物の口に見えて、今にも吸い込まれそうだ。

「よし、じゃあ早速やってみよう！　えっと、ここのボタンを押して、次はここで……。じゃあ、配信スタート！」

フヨフヨと宙に浮くカメラのボタンを押し、配信をスタートさせた。

「皆さんこんにちはー！　初めましてサクたんです！」

――同接数０人

「…………まぁ、なんのお知らせもなしにスタートしたらこうなるよね。いや、でもダンジョンを楽しむっていう目的もあるし、別に問題ない！」

そう自分に言い聞かせて、僕はダンジョンの中に入るのであった。

＃　＃　＃

――同時刻、同ダンジョン内にて。

『ギャッ！』

『グキャァア！』

『グガガァ……』

「ふぅ。ざっとこんなもんね」

なんの変哲《へんてつ》もない地面から、氷の柱が突き出ており、緑色の体をした邪悪な顔の魔物――ゴブリンが串刺しにされている。

そんなゴブリンを見つめるのは一人の美少女、とダンジョン用のカメラだった。

鎖骨《さこつ》あたりまで伸びる、赤のインナーカラーが入った銀髪と、宝石のような青い瞳を持つ容姿端麗な少女だ。

：ナイス
：瞬殺で草
：あまみやちゃんにかかりゃこんなもんだろ！
：ゴブリンになればあまみやちゃんに痛めつけてもらえるっ⁉
：魔法使えるのすげー
：今日も可愛い結婚してくれ
：素材回収しないの？
：ドヤ顔かわよ
：強い

「…………」

滝のように流れるコメントの数々。
そう、彼女もダンジョン配信をしているダンチューバーである。
——同接数1・9万人
——チャンネル登録者182万人
咲太と同じ配信者だが、天と地ほどの人気差があることは確かだ。
「……なんか、嫌な予感するわ」

：どうした？
：嫌な予感だって
：ここEランクだろ？
：気のせいじゃない？
：俺はあまみやちゃん信じるゾ
：なんか、マジでへんな音しね？
ダンジョンの奥から、唸《うな》り声と地面が揺れるほどの足音が聞こえてきた。
奥から現れたその正体とは……。

「な、なんでここに……レッドドラゴンが……⁉」

：レッドドラゴン！！？
：ここEランクダンジョンだろ！
：やばいって
：あまみやちゃん逃げて‼
：応援呼べ！
：終わったｗｗ
：Aランクは無理だ

『ガアァァ……！！！』
全身にまとう赤い鱗《うろこ》、鋭い爪や歯、背中から生《は》える二対の翼……。
そこには、Eランクダンジョンには存在しないはずの、ドラゴンがいたのだ。

＃　＃　＃

僕、咲太が歩き続けること数分、何もない。
視聴者が増えるわけでもないし、魔物一匹すら出てきやしない。

ただ黙々と暗い道を歩くだけの、地味〜な絵面だ。

(ダンジョンってもっと魔物が出てくるイメージあったんだけどなぁ……。ここは出ないのかな？)

そんなことを思いながら歩いていると、何やら奥の方から誰かの声が聞こえ、地響きがした。

早歩きをして音の方に近づいてみる。

そこにいたのは、尻餅《しりもち》をついている一人の女の子と巨大な何かだった。

『グルァア……!!』

「っ！　な、何してるのよ、貴女《あなた》、早く逃げて助けを――」

赤い鱗、鋭い瞳、巨大な体格、ツノや尻尾《しっぽ》。

これらを見て僕は、心の底からこみ上げてきたたった一つの感情を、そのまま言葉に出した。

「カ――カッコいい〜!!」

「は……？」

そして目を輝かせ、駆け足でその魔物に近づく。

すぐ近くで腰が抜けているであろう女の子は、目の前のことが何も理解できないと言わんばかりに動けずにいた。

「すごいねこの鱗！　しかもおっきい！　トカゲ？　なのかなぁ？」

『グルルル……』

「ん？」

トカゲと言うにはあまりにも巨大すぎるその魔物は、僕を目の前にすると、高い頭を下げて近づけ、スリスリと頬ずりをしてくる。

ツノを撫でてみると、目を細めて尻尾をゆらゆら揺らした。

ガンガンと地面に尻尾が当たるたびにダンジョンが揺れる。

嬉しいのだろうか？

「このトカゲ？　すごい人懐《ひとなつ》っこいんだね。可愛いな～」

『グルルルゥ……♪』

「ふふふ、ここが気持ちいいんだねぇ」

数分撫で回していたら、赤いトカゲは完全に脱力して惚《ほう》けた顔になった。

すると、後ろから声が聞こえてきた。

先ほどの女の子だ。

「あ、貴女……何者なの……!?」

「はっ、無視してしまってすみません！　このトカゲ、可愛くてついつい……」

「ト、トカゲじゃないわよ、それはドラゴンよ!?　しかも危険度Aの!!」

「キケンド？　エー？？　……勉強不足ですみません。あ、でもドラゴンはわかります！　トカゲじゃなかったんですね」

ドラゴン……初めて見たなぁ。やっぱりトカゲっぽくて、こんなに大きいんだ。

僕はドラゴンにそっと耳打ちする。

「……でもあの女の子、こういう生き物が苦手なんだろうな。ドラゴン君、元いた場所に帰れる？」

『グルゥ』

「うん、いい子だね。バイバーイ！」

僕の言葉が通じたらしく、ドラゴンは踵《きびす》を返してズシンズシンと大きな足音を立てながらダンジョンの奥へと向かっていった。

僕が手を振ると、尻尾を左右に揺らして返してくれる。

言うことを聞いてくれるし、すごい懐いてる。

ダンジョンって面白いんだなぁ！　いろんな魔物に会ってみたい！

それから振り返り、女の子に声をかけた。

「ふふふ、安心してください！　誰にだって苦手なものはありますからね！　ちなみに僕はピーマンが苦手です！」

「あ、はぁ……？　そうね。とにかくありがとう。殺されずに済んだわ……。はぁ、生きた心地がしなかった……」

「殺される……？　あんなに人懐っこいのに……」

まぁ大きいものは怖いよね、仕方ない。

うんうんと頷いていると、女の子のすぐ近くで浮いているものが見えた。

「あれ、それってもしかして配信用のカメラですか？」

「え？　――っ⁉　配信オフ！！！」

女の子は慌てた様子で叫んだ。

彼女もダンチューバーだったのかな。

「ご、ごめんなさい……。配信切り忘れてたから映っちゃった……」

「全然いいですよ！　僕もさっき初めて配信始めたので！　コラボってやつですかね！」

「ちょっと違うと思うわ。……とりあえず危険だから、外に出ましょう」

「はーい。……あ、僕も配信切っておこ」

女の子は立ち上がった。

そしてダンジョンの入り口に向かって二人で歩き始めた。

さっきはよく見てなかったからわからなかったけど、すごい綺麗《きれい》な子だ。銀髪は艶《つや》があるし、青い目が大きい。

「……あの、私に何かついてるかしら？」

「え、あ、なんでもないです！　綺麗だなぁと思って」

「ふふ、貴女の方が可愛いと思うけれど」

「……僕、男です……」

「え!?　私てっきり……な、なんかごめんなさい」

まぁ……言われ慣れてますしぃ？　全然気にしてないですよ……あはは……。

と思いつつも、自分の足が少し重くなった気がする。というのも、本当は涼牙みたいに男らしくなりたかったけど、僕には無理だからな。

その後、気まずい雰囲気のなかを歩き続け、ダンジョンの外まで出てきた。

「私はこれからダンジョン機構まで報告に行くわ。あなた……えっと、名前聞いてなかったわね」

「僕は、藍堂咲太です」

「私は天宮城《うぐしろ》美玲《みれい》よ。さっきは本当にありがとう」

「いえいえ。あ！　そういえば今日早く帰らないといけないんでした！　さよならー！」

「え、ちょ、待って！　……一緒にダンジョン機構に来てほしかったのに……」


この時の僕はまだ何も知らなかった。

何気ないいつも通りの日常が、大きく変化していくことに……。

そして、何も知らない僕を置き去りにしたまま、ネット掲示板は大いに盛り上がっていたみたいで……

【あまみや ch】あまみやちゃんのスレ【配信】

---

141. 名無しのリスナー
あまみやちゃん何回見ても美人よな

142. 名無しのリスナー
近づく男は殺す

143. 名無しのリスナー
>142
怖

144. 名無しのリスナー
お、魔法使ったぞ

145. 名無しのリスナー
確か魔法能力が発現したのって一週間前よな？
なんでこんなにすぐ使えるん？

146. 名無しのリスナー
>145
あまみやちゃんが天才だから
それオンリーやな

147. 名無しのリスナー
ゴブリンごときじゃ相手にならんよ

148. 名無しのリスナー
変な音がするって言ってんど

149. 名無しのリスナー
なんか聞こえる？

150. 名無しのリスナー
近づいてきてね？

151. 名無しのリスナー
これやばい気がする

152. 名無しのリスナー
ファッ⁉

153. 名無しのリスナー
やばい

154. 名無しのリスナー
レッドドラゴンやん!!!!

155. 名無しのリスナー
勝ち目ないぞ！

156. 名無しのリスナー
誰か通報した⁉

157. 名無しのリスナー
>156
しますた

158. 名無しのリスナー
でも間に合わねぇだろこれ

159. 名無しのリスナー
誰か助けろよ！

160. 名無しのリスナー
放送事故

170. 名無しのリスナー
【悲報】あまみやちゃんタヒす

171. 名無しのリスナー
誰か来たぞ！

172. 名無しのリスナー
可愛い女の子来た

173. 名無しのリスナー
？

174. 名無しのリスナー
？

175. 名無しのリスナー
？

176. 名無しのリスナー
謎の美少女「ドラゴンかっこいい！」
↑ ????

177. 名無しのリスナー
混乱してんなこの子も……

178. 名無しのリスナー
は？この子やば ww

179. 名無しのリスナー
自分から近づきやがった

180. 名無しのリスナー
タヒにたいのこいつ!!?

181. 名無しのリスナー
食われるって

182. 名無しのリスナー
は？

183. 名無しのリスナー
ひ？

184. 名無しのリスナー
ふ？

185. 名無しのリスナー
ドユコト？

186. 名無しのリスナー
誰か説明してクレメンス

187. 名無しのリスナー
あまみやちゃんがレッドドラゴンに
襲われる
↓
後ろから謎の美少女が来て、ドラゴ
ンに近づく
↓

ドラゴンが喉鳴らして顔スリスリしてる
……???

188. 名無しのリスナー
これ本当にレッドドラゴンなんか……？

189. 名無しのリスナー
明らかにレッドドラゴンやろ
性格は違う気がするが……

190. 名無しのリスナー
こんなに懐くの？

191. 名無しのリスナー
>190
基本的にドラゴン種は侵入者（人間）絶対殺すマン。「懐く？何それ美味しいの？」だぞ

192. 名無しのリスナー
あまみやちゃん口めっちゃ開けてるww

193. 名無しのリスナー
そら驚くわなｗ

194. 名無しのリスナー
ドラゴンのツノも撫でてるんですけどこの美少女……

195. 名無しのリスナー
「ここが気持ちいいんだねぇ……」

エッ!!??

196. 名無しのリスナー
わかるマン

197. 名無しのリスナー
俺のドラゴンが起きちまう！

198. 名無しのリスナー
爪楊枝生やすな

199. 名無しのリスナー
どうやらダンジョンとか魔物に詳しくないみたいだな、この子

200. 名無しのリスナー
普通知ってるだろ……

201. 名無しのリスナー
可愛い

202. 名無しのリスナー
首傾げてる。可愛い

203. 名無しのリスナー
可愛い

204. 名無しのリスナー
かわいー

205. 名無しのリスナー
スレ民の語彙力が消えてる！

206. 名無しのリスナー

あ、ドラゴン帰った

207. 名無しのリスナー
ドラゴンに命令したぞ！
前代未聞じゃね？

208. 名無しのリスナー
テイマーなんていないしなぁ。無理やり隷属《れいぞく》化させることはできるらしいけど、信頼からなる関係はなかったし

209. 名無しのリスナー
つまり？

210. 名無しのリスナー
>209
世界に激震が走る（確定予知）

211. 名無しのリスナー
おっしゃ拡散だ！
ばら撒け祭りじゃ～!!!

212. 名無しのリスナー
もうSNSに切り抜き上げたぞw

213. 名無しのリスナー
>212
あまみやchの非公式切り抜きでも上げとこww

214. 名無しのリスナー
史上初のテイマーか

215. 名無しのリスナー
ドラゴンいけんなら大抵の魔物いけるやろ

216. 名無しのリスナー
もしかしたら幻獣もいけるか？

217. 名無しのリスナー
ありうる

218. 名無しのリスナー
【速報】謎の美少女のダンチューブチャンネル見つかる

219. 名無しのリスナー
>218
kwsk

220. 名無しのリスナー
ん
[リンク]

221. 名無しのリスナー
今日初配信マ？ ww

222. 名無しのリスナー
登録待ったなし

223. 名無しのリスナー
俺はこの美少女を追うぞ！ジョ〇ョーッ！

224. 名無しのリスナー
もう逃げられないゾ♡

225. 名無しのリスナー
次回の配信楽しみだなー

226. 名無しのリスナー
登録者数一気に増えてて草

227. 名無しのリスナー
10 万超えた？ w
はっや ww

228. 名無しのリスナー
伸びてる伸びてる w

229. 名無しのリスナー
海外勢も反応しとる w
「ドラゴンを手懐けるジャパニーズガールは何者だ⁉」って ww

230. 名無しのリスナー
魔物の研究は海外の方が進んでるから、この子の異端さがはっきりわかんじゃろ

231. 名無しのリスナー
一躍時の人だな

232. 名無しのリスナー
時の人で収まりそうにない気がする

第2話

——翌朝。

目を開けてスマホを確認すると、とんでもないほどの通知が来ていることに気がついた。

「………ナニコレ」

昨夜は週末で疲れてたし、スマホを確認せずに眠ってしまった。そのせいなのか、確認してもしきれないほどの通知が並んでいる。

そして今もピロンピロンと音を立てて通知が増えていた。

「こ、こわっ！　本当に何これ⁉」

増え続ける通知に恐怖し、スマホをベッドに投げつける。

カタカタと震えていると、今度は電話までかかってきた。恐る恐るスマホに近づいて確認すると、そこには見慣れた名前が出ていた。

「りょ、涼牙……っ！　もしもし、助けて涼牙！　今大変なことになってるんだ！」

『おー、なんかすげぇことになってるぜお前。おもしれ〜！』

「おもしろくないよ！　怖いんだよっ‼」

電話越しの涼牙は僕を面白がっている様子で、ケラケラと笑っている。

『バズったってやつじゃね？』

「えぇ……？　でもなんでバズったのかな……。あ、もしかして昨日会ったあの人⁉」

『それは原因の半分に過ぎないだろ』

「え、じゃあもう半分って？」

『ドラゴン手懐けたことだな』

うーん……？　ドラゴンを手懐けたらバズるのかなぁ？

ダンジョンができて数十年経ってるんだし、手懐けてる人もたくさんいそうだけど……。

『ま、お前はとことんダンジョンに興味なかったから常識がねぇよなぁ』

「失礼な。事実だけど」

『とりまお前にとって悪くないバズりだから安心したらいいんじゃね？　次の配信は盛り上がるぜ、多分』

「次の配信、何すればいいのかなぁ⁉　怖いんだけど‼」

『質問コーナーをやってから、ダンジョン潜ればいいと思うぜ！　お前に疑問持ってる奴が大半だろうしな』

質問コーナーか……。多分次の配信では人が来るんだよね……そこでちゃんと答えられるかな？　不安だ。

『何かあったら俺を頼れよな、親友！』

「うん、ありがとう涼牙」

通話を切り、覚悟を決めて自分のチャンネルを確認した。

――総再生回数８４１０万回再生
――チャンネル登録者86万人
「ひぇえ……！！！」
無名スタートの初配信で記録する数じゃないよこれ！　い、胃が痛い……。

＃＃＃

「え、えーっとぉ……。皆さん昨日ぶり？　です。サクたんです、どーもー……」
：キタ!!
：待　っ　て　た
：♪――Ｏ(≧▽≦)Ｏ――♪
：かわeeeee!!!!
：推します
：昨日の配信見てないけど昨日ぶりw
：待ってたぜぇ、この瞬間をよぉ！

：ガチ美少女で草
：この子が噂のドラゴンテイマー？
：君はいったい何者なんだい？（英語コメント）
：緊張してない？w
：ガチガチで草
：サクたん可愛い
：かわよ

あ、あばばばば！　人がこんなにもたくさん来てる……。一日でこんなに増えるなんて聞いてないよぉ！

――同接数2・8万人

明らかに異常な数字が映し出されていた。無名で配信を始めた翌日に出てきていい数字ではないことは確かだ。

岩みたいにガッチガチになりながら、早速配信をスタートする。

「え、えっとー……。きょ、今日は初見さんもたくさんいるので、まずは質問コーナーからしたいと思います……。答えられる範囲までです。えっと、じゃあスタート！」

：なんでドラゴン手懐けられたの？

「え、多分、動物に好かれまくる体質だから、魔物にも適応された……のかなぁ？　よくわかんないです……」

：ドラゴンの言葉わかるの？

「いや、明確にはわかんないけど、なんとなくならわかるかなぁ？」

：あまみやちゃんとその後なんかあった？

「あまみやちゃん……？　すみません、勉強不足で……」

：デュフ、どこ住み？　ハァハァ
「うわぁ……。言いません。帰ってください」

：女だろ
「いえ、正真正銘の男の子です。ＢＡＮされないなら、ここでズボンとパンツを下ろしたいです」

と、まぁ、こんな感じで流れ作業みたく、質問を受け取っては返してを繰り返し続けた。

ある程度のことをわかってもらえたので、質問コーナーはここらあたりで終了しよう。

：サクたん男マ？？？？

：だから言ったじゃん

：一向に構わんッッ！！！！
：一本お得だしね
：ズボンとパンツ下ろせェーーーーー！！！
：下ろして（懇願）
：逆に唆《そそ》るぜ
：ゴミを見る目助かる。どこ住み野郎には感謝
：こんなに可愛かったら魔物も堕《お》ちるわなｗ
：あまみやchの処女厨ども悩んでんだろうなｗｗ
：相手が男でもサクたんがクソ可愛いから対応困ってらｗ
：あまみやchの豚ども、サクたんには手出しすんなよな
：サクたんのお兄ちゃんを遂行したい
：どけ、私はお姉ちゃんだぞ！

なんだかコメント欄も楽しそうでよかった。この調子だったら順調に配信を進められるかもなぁ。
「えっと、今回潜るのは昨日とは別のEランクダンジョンです。前のとこはなんか封鎖されてたので仕方なく」

：誰のせいだろうねぇ？

：真っ赤な鱗を持った魔物と男の娘《こ》が原因じゃないかな
：サクたんも関与してんだぞ
：この様子じゃ気づいてなさそうだな……
：そこがいい

「じゃあ潜りたいと思います！　レッツゴー！」

：ゴー！
：レッツゴー
：なんか起きろ
：さすがに二日連続で何かは起きんやろ
：サクたんを信じろ。絶対なんか起きるぞ

配信を見てくれている視聴者の〝リスナー〟さんたちと楽しく会話をしながらダンジョン内を進んでいると、奥の方に人影が見えてきた。

誰かが先に潜っていたのだろうか。

「これ、勝手に映したら迷惑になっちゃうよね？」

：自動モザイク機能オンにせい
：映りたくない人いるしね
：いや……でもあれ人じゃ……
：耳長くね？
：魔物だよあれ
：サクたん気づけー

自動モザイク機能というのをオンにしようと手間取っていたので、コメント欄は見ることができなかった。

そしていつの間にか、奥にいた人影が僕の方に近づいてきている。

「あっ、すみません、実は配信してる者で……。映っても大丈夫ですかね？」

『ゴブ？』

『グギャギャ？』

「？」

全身緑色の肌で、尖《とが》った耳を持ち、鋭い目つきをしている人だった。

「……なんか肌の色が悪いようですけど大丈夫ですか？　ピーマン食べすぎましたかね。ピーマン好きなんですか？」

：草
：魔物だよそれｗ
：魔物のこと知らなすぎてピーマン食いすぎた人間と思ってるｗｗ
：無知無知だね♡
：まぁ……ピーマンに似てるっちゃ似てるｗ
：ゴブリン＝《イコール》ピーマン……ってコト⁉
：クソワロタ

「『ゴブ』しか言えてないですよ⁉　恐ろしいピーマン……やっぱりピーマンは人類の敵ですね……！」

：ピーマン嫌いなんだね^^
：【悲報】ピーマンを食べすぎるとゴブリンになる
：嘘つくなｗ
：ピーマン嫌いは解釈一致
：かわいい

どうやらコメント欄によると、ピーマンの食べすぎで肌が変色して脳みそがやられた、のではなく、元々この見た目の魔物らしい。

名前はゴブリンで、序盤に出てくる弱い子とのこと。

「襲ってくる気配ないけど、友好的な魔物なのかな？」

ツンツンと突《つつ》いてみても、首を傾げてこちらを見つめるだけだ。

この魔物は怖いというイメージがコメント欄から感じられたけれど、これを見る限りそんなことはないと思える。

『グギャ』

『ギャギャャッ！』

「え？　なになに？　ついてきてほしいって？」

僕の服の袖《そで》をつまんでくいくいっと引っ張ってくるゴブリン。強引に連れていこうというのではなく、友人をどこかに招待するような感じだ。

ゴブリンたちが何を考えているかわからず、リスナーさんたちに助けを求めた。

「この行動、誰か知ってる人いますか？」

：知　ら　ん！
：こーれ世界初の行動ですw
：ゴブリンって見かけ次第襲ってくるからなぁ
：サクたんがわからんならわかるわけない

：自分で考えなさい（ワイらに振るな）

どうやらリスナーのみんなもわからないみたいだった。

何がなんだかわからないまま奥に進む。他のゴブリンたちも集合して一緒に奥に進んでいっている。

「ゴブリンしかいないんだなぁ……」

：ゴブリンダンジョン？
：まぁEランクだしな
：ゴブリンなめてたら痛い目見るぞ
：結構残虐《ざんぎゃく》だからな……
：Eランってことはゴブリンか、ハイゴブリンくらいしか出ねぇよな！　ガハ！
：→あっ
：→あっ
：→あっ……？
：君ぃ、フラグって知ってるかい？

何やらコメント欄がざわついているが、どうやらゴブリンたちの目的地に着いたようだ。

なんの変哲もない大きな壁があるだけ。でも、ゴブリンが不規則に壁をノックすると地響きがし始めた。

かすかにあった壁のひび割れが大きくなっていき、新たな通路が完成した。

「隠し通路！　テンション上がるね～」

：え……？

：これぇ……ヤバイでしょ

：【速報】男の娘ダンチューバー、Eランクダンジョンの新領域発見する

：ゴブリンにこんな知性あるのもおかしいだろ

：まさかアイツか？

：本人に至っては秘密通路にテンションアゲ状態w

：危機感の欠如で草

：襲われたらどうすんだ？

：→俺たちの脳が破壊されるだけだ

：(ToT)

どれくらい奥に進んだのだろう。そう思えるほど歩いて階段を下った。正直、絵面が映えないからやめてほしいね。

そんなことを思い始めていたら、とうとう最奥《さいおう》までたどり着いたようだった。

蝋燭《ろうそく》の灯り、整地された空間、荘厳《そうごん》な装飾……。そして一番奥に座っている、王冠を頭に戴せた者。

「あれは……？」

：スゥーっ……
：ま、まじか
：サクたん＝ダンジョン封鎖の申し子ｗ
：これはＢかＡランクダンジョンにしなきゃならんぞ
：なんせアレは、ね？ｗ
：初めて見たぞ俺
：まさかの〝キングゴブリン〟かよ！！！！

「キング、ゴブリン？」

『……ゴブゴブ』

どうやら、またとんでもないことをしてしまったのかもしれない。

キングゴブリン。

ゴブリンという通常種、そこから進化や派生した種、そうしたゴブリンたちの全てを束ねる、ゴブリンの頂点に立つ者。

鍛え抜かれた肉体と人間と同レベルの知能を持つ。そのことから、ランクはBの中層あたり。

……と、コメント欄で教えてもらった。

「ほぇ～、なんか、すごいゴブリンなんだね！」

『ゴブッゴブッ』

威厳のある椅子に座るゴブリン……もとい、キングゴブリンは僕の言葉を理解しているように笑ってみせた。

コメント欄は滝のように速く、目を通すのに精一杯だ。

：キングゴブリンむきむきやん……
：だが見ろ。あの顔は、久々に家にやってきた孫をもてなすおじいちゃんの顔だぜ
：サクたん、恐ろしい子ッ！
：やーい魔物タラシー

「誰がタラシですかー？」

ゴブリンたちからもてはやされて、一番偉いゴブリンからも、なんか頭を撫で撫でされてる……

誰がタラシなのかな？　僕だな！

そんなことは一旦さておき、単純に気になったことがある。

「そんなに強いなら、なんでEランのダンジョンにいるのかな？」

あまみやch：①イレギュラー個体　②討伐《とうばつ》されずに生きた歴戦の個体　③幻獣《げんじゅう》種の侵入による
ダンジョン難易度上昇。……このくらいだと思うわ
：ふぁっ!?
：あまみやちゃんだ！
：いぇーい！　またサクたんがやらかしました！　見ってるー？ｗｗ

「そうなんだ。あまみやさんありがとうございます！　でもよくわかんないから意味なかったかも」

あまみやch：えっ
：草

：ご愁傷《しゅうしょう》様ｗｗ
：心を抉《えぐ》るのが得意そうだな
：無慈悲ｗ
：せっかく考えてくれたのにｗｗ
：しかも昨日の人とは気づいてなさそうだぞ
：不憫《ふびん》ですねｗ

でも気になる単語があったなぁ……。幻獣、って何？

そう思った時、この空間に轟音《ごうおん》が響いた。何かが破壊されるような音が、壁の奥から聞こえてきたのだ。

『ゴブッ！　ゴブゴブ!!』

『ゴブゥ!?　ゴ、ゴブッゴブゥ！！！』

何やらゴブリンたちは慌てふためき始め、壁に立てかけられている武器などを手に持って一気に臨戦態勢となる。

何がなんだかわからないまま僕は辺りをキョロキョロしていたが、すぐにその音の正体を知ることとなった。

――バチッ、バチッ……バリバリバリッッ！！！

失明するのではと思えるほど眩《まばゆ》い青の閃光《せんこう》と、激しい雷の音が耳に響く。

ゆっくりと目を開けるとそこには……誰もいなくなっていた。

「え、あ、れ……？　ゴブリンたちは……？」

ゴブリンたちがいたはずの場所には、プシューッと煙が上がっていた。棍棒やボロボロの布が落ちているだけになっている。

至るところから青い火花が散っており、身動きがとれない。

『——クルルルゥ？』

「ん？」

何かの鳴き声が後ろから聞こえてきたので振り返ってみると、大型のバイクほどの大きさをした巨大な鳥が僕を見つめていた。

青黒い羽毛に長い尾を持ち、漆黒《しっこく》のつぶらな瞳が僕を穿《うが》つ。


：なんか一瞬映像途切れたけどナニコレ⁉

：ゴブリン全員素材化してるんですが……

：でかい鳥！　なんだあれ！！？

：あの鳥がゴブリン全員やったの？

：この鳥、ニュースで見たことあるっぴ……

：こーれもしかしてだけど？
あまみやch：それが幻獣よ！！！！

『クルルゥ、クルゥ？』

「え？　よくわかんないけどヨシヨシ、ゴブリンはどこにやったのかな？」

『クルルクックー♪』

僕が頭を撫でると、その鳥は嬉しそうに目を閉じて甘い鳴き声を漏らした。

しかし、撫でれば撫でるほどバチバチと僕に静電気が蓄積されていくらしく、僕の頭はブロッコリーみたいに大爆発していた。

「これやばいね……。今、金属触ったら普通に死ねる。あはは！　ブロッコリー！」

：ブロッコリーｗｗ　じゃねぇよ！
：呑気《のんき》だなぁ
：命の危機だぞ⁉ｗ
：というかこの鳥は幻獣なんだよな？
：知らないいな
：誰か解説クレメンス
：幻獣〝霹靂鳥《ハタタドリ》〟。体内に発電器官・蓄電器官があり、青い稲妻を放出することが可能。〝厄災《やくさい》を運ぶ青い鳥〟とも呼ばれている。

「へぇー、厄災なんだ。こんなに可愛いのに、ねぇー？」
『ピー！』
「ほら！　こんなに可愛い鳴き声ですよ！」

：可愛いけど、ねぇ？
：命の危険がありすぎる
あまみやch：私ももふもふしたい……
：あ、あまみやさん？？w

バサッと翼を広げたかと思えば、それで僕を包んで頬ずりをしてきた。バチバチと静電気が発生しているが、僕の体に今のところ異常はない。
でも、もしこの子が本気出したら、僕もきっとさっきのゴブリンみたいになっちゃうんだろうねぇ……。

：そういえば。中部地方のニュースで幻獣の飛来が確認されたって言ってたな
：ってか、ホワッツ幻獣。魔物とちゃうんか？

：魔物は大氾濫《スタンピード》の時しかダンジョンの外に出られんが、幻獣は自由に出入りできる。あとヤベー能力持ってるやつ
：それを手懐ける男の娘、現る

「まぁ害はなさそうだしいっか。とりあえずお腹空《す》いてきたから帰ります！」

：自由気ままやなぁｗ
：幻獣どうすんのよ
：ダンジョン出たら大騒ぎだぞ
：すでにＳＮＳが大盛り上がりでござぇやすｗｗ

リスナーさんたちはこの鳥がついてこないか心配しているみたいだけど、まぁさすがについてこないでしょ！

根拠のない自信とケ・セラ・セラの精神を持ち合わせている僕は、鳥に別れを告げて踵を返して戻ることにした。

第４話

スタスタ。

ノッシノッシ。

ダンジョンから出ようと上を目指しているのだが、ピタリと僕のそばを離れずに歩いている幻獣の青い鳥。

たまにゴブリンが現れたりもしたのだが、全てこの鳥が電撃を放出して一瞬で消してしまう。

これは……ちょっとまずいかな？

：どうすんのこれｗｗ
：元の場所に置いていきなさいっ！
：タラシがよォー
：責任とりなさい
：幻獣さいきょぉ～！（現実逃避）
：ダンジョン機構も事例がないから困りそう
：幻獣は気まぐれだしなぁ……

リスナーさんたちと悩みながら歩いていたら、すっかりダンジョンの入り口まで戻ってきてしまった。

もちろん、ピタリと幻獣はついてきている。

「さて、どーしよっかなー」

：ダンジョン機構行っても何もできねぇ気がするぜ

：とりま保護って形でいいんじゃないかな？

：幻獣って探せば案外地上にいるらしいしな

：見つけても絶対捕まえられないけどな……

：うるせェ！　飼おう！！！（ドンッ）

：判断はサクたんに任せるぜ

たとえ幻獣が僕についてきても、犯罪に問われることはないらしい。いかんせん幻獣は気まぐれ、人に懐かない、海市蜃楼《かいししんろう》な存在。

逆に言えば、僕が幻獣に殺されようと自己責任。幻獣が暴走しても、彼らは気まぐれゆえに批判されることはないらしい。

まぁ暴走させるつもりは毛頭ないけども……。

一旦連れ帰って、家にいるみんなと仲良くできそうだったら住まわせてあげよう。ダメそうだったらその時また考える。

「この子は連れて帰ろうと思います！　鳥の世話は孔雀《くじゃく》とかハシビロコウで慣れてるから大丈夫だと思います」

：孔雀やハシビロコウだと……？
：動物園で働いてんのか？ｗｗ
：動物タラシェ……
：鳥ちゃんが幸せならいいと思う！
：ペット紹介配信とかもしてー
：俺も見たい
：世界初の幻獣テイマー爆誕の瞬間ですかｗ

ダンジョン配信だけじゃなく、家でペットたちを紹介する配信も需要があるみたいだ。それも今後考えていこう。

「それでは、今日の配信はこのくらいにしておきます。さよなら！　……ほら、鳥ちゃんも手振って」

『クルルァ？　ピィ？』

僕がダンジョン配信カメラに手を振り、幻獣にもこうするように促して片羽を振らせた。

：ン可愛いッ！！！（二人とも）
：幻獣賢《かしこ》っ
：男の娘の笑みはァ……効くぜェ……（吐血）
：おつ～
：乙サク！
：次の配信はいつなんだァァ！！！
：失踪《しっそう》すんなよー！
：次回が待ちきれねぇな
：そういやあまみやちゃん消えてね？

カメラを切り、一息吐く。

バズり後の配信は、無事に終わらせることができたみたいだ。

「それじゃ、帰ろっか」

『ピー！』

「え、ちょ、わわっ！！？」

鳥は僕の服の襟《えり》を嘴《くちばし》でつまみ、僕を宙に放り投げた。そしてその背中に僕はダイブした。

乗せていくっていうことなのかな？

「家まで送ってくれるの？」

コクコクと頷いたと思ったら、鳥は羽ばたき始め、上空まで飛び上がった。僕は振り落とされないように羽毛をわし掴みしているが、鳥は痛くはなさそうだ。

高速で飛ぶわけではなく、ゆっくりと遊覧飛行をしながら帰路についた。

＃　＃　＃

――咲太が帰宅する数分前、ダンジョン機構の施設にて。

「Eランクダンジョンは隈《くま》なくチェックされて安全性が確保されたダンジョンだぞ⁉」

「隠し通路なんか見つかるとは……」

「急遽《きゅうきょ》、件《くだん》のダンジョンに探索者を送りました」

「それよりも幻獣をどうするんです‼」

「事例がないから対処しようがないではないか！」

「霹靂鳥《ハタタドリ》は他国からも目をつけられていた幻獣だったから、ひと悶着《もんちゃく》が起きそうだな……」

「いかんせん、あの存在を手に入れ、無事に成熟させることができれば、国一つの電力を賄《まかな》うなんて容易《たやす》いですからね。ズズッ……」

「コーヒー飲んどる場合かァーーッ！！！」

阿鼻叫喚《あびきょうかん》。

咲太の配信中に起こった出来事は、国のダンジョンを管理するダンジョン機構を混乱させるのに十分だった。

魔物の人間への協力、魔物とのコミュニケーションや秘密の共有、幻獣からの信頼・主従関係……。全てが異常事態であったのだ。

「サクたん、と言ったか……。これから大変なことに巻き込まれるだろうな……」

「ええ、他国からのスカウトや、幻獣の横取りを画策《かくさく》する刺客。他にも、特殊な体質ゆえに利用目的で拉致《らち》される可能性があります」

「はぁぁぁ……。我々が関与するには少し時間がいるな。なんとも歯痒《はがゆ》い」

……当の本人は、事の重大さをまだ知らない……。

第5話

二回目の配信を終え、無事家に帰ってこれたのだけれど……今、とても助けてほしい状況下に僕はいた。

「あ、開けなさいよ～～っ！！！」

「い・や・で・す！　怖いんですもん！！！」

僕は、玄関の扉の向こうにいる不審者と、扉で綱引きをしていた。

扉の向こうにいるのは、赤のインナーカラーの銀髪と、青い目を持つ美少女……もとい、あの時ドラゴンを怖がっていた天宮城《うぐしろ》さんである。

「お願いよっ！　あの鳥ちゃんをもふもふさせてほしいの！　先っちょ、先っちょだけでいいから！」

「言い方、嫌なんですけど！！？」

『クルルル……！！！』

クールビューティーな印象だったけれど、今ではそんなの微塵《みじん》も感じられない。

後ろにいる幻獣の鳥も、僕の服を引っ張ってなんとかドアを閉めようとしてくれていた。

助力があってなんとか閉めることができ、一息ついた……と思ったのも束の間。

──カチャッ。ギィ……

「うわぁあああ！？！？」

ドアがなぜか開き、隙間《すきま》から見えた彼女の顔は、某映画の、斧でドアを壊して隙間から覗《のぞ》き込んでくる殺人鬼のようだった。

「あのねぇ、驚かすために来たわけじゃないのよ、本当に。この前のお礼としてお土産《みやげ》持ってきたから」

「そうだったんですね、すみません。……ところで、なぜ僕の住所が割れているんですかね……？」

「………。乙女《おとめ》の……秘密？」

「やっぱり怖いんですけど！」

鳥ちゃんも、やれやれと言わんばかりに首を横に振っている。だが、彼女から悪意は感じられないのか、無理やり排除しようとしない。

まぁでも、今後のこととか、配信のこととかについても誰かに相談したかったし、招き入れることにしよう。

「仕方ないですね。はい、どうぞー」

「お邪魔するわ。……ね、ねぇ、この鳥ちゃん、もふもふしていいかしら……」

「……嫌がらない程度なら大丈夫だと思います」

「やった！　えへへ、幻獣ちゃ～ん♪」

『ピ、ピィ……』

天宮城さんは瞬間移動と言えるくらいのハイスピードで鳥ちゃんに近づく。そうして、両手を広げてもあり余る鳥ちゃんの巨体を抱きしめて、深呼吸していた。

ドラゴンの時は怖がっていたけど、動物が好きな人なのかもしれない。

……そういえば、女性を自分の家に招き入れるのは初めてだ。

まさか、初がこんな美少女になるとは思わなかったなぁ……。

＃　＃　＃

私、天宮城美玲はふいに冷静さを取り戻す。

そして鳥ちゃんから体を離して考え込む。

咲太君が配信しているダンジョンが近かったから寄ってみたら、幻獣ちゃんに乗って帰るのが見えた。それでつけてきた。

……って言ったら引かれそうだから、言わないでおきましょう。

幻獣の可愛さに当てられ、いてもたってもいられなくなったとはいえ、いきなり男の子の家に突撃するとは非常識だったかもしれない。

さっきも我を忘れて鳥ちゃんに抱きついてしまったし……。少し恥ずかしい。

……というか、男の子の家に上がるの初めてね。

しかし、妙な感じが肌にまとわりついている。

魔力が体に染み込んでいくような……まるで、ダンジョンにいるかのような感覚がする。

「……不思議な雰囲気ね」

「そうですか？　あー、まぁ僕の家ダンジョンと同化してるので」

「そうなのね。……はぁっ⁉　どういう――」

「みんなただいまー」

状況を理解できない私を置いたまま、咲太君は何も気にすることなく奥に進んでいく。

彼の家は大きな洋風の一軒家だった。外の壁には蔦《つた》が蔓延《はびこ》っていて、ダンジョンに似た雰囲気だなぁと思っていたけれど……。

「あ、水入れ空《から》になってる……。すみません、天宮城さん。冷蔵庫の水、取ってくれませんか？」

「え、あ、わかったわ……」

家の中を細かく見る暇もなく、キッチンの方に向かった。

咲太君が水入れを洗っていたので、私は言われた通り冷蔵庫を開けて水を探す。

冷蔵庫の中はとても綺麗だった。

すぐに水を見つけられ、それに手を伸ばすと、私の手に違和感が生じる。

——もふっ……。

「……え……」

『ぴよぴよ』

『ぴー？』

『ぴぃ！』

私の手の上には、なぜか小さいペンギンがいた。

白色と空色で、つぶらな瞳が私をジッと見つめている。

あまりの衝撃と可愛さでフリーズしてしまう。冷蔵庫は、早く閉めろと言わんばかりにピーッピーッと鳴っていた。

「天宮城さん？　どうかしました？」

「なんっ、な、な、なんで、ぺっ、ペンギンが……？」

「ああ！　実はこの冷蔵庫、中古で買ったんですけど、中にこの子たちが入ってたんですよ。シラスが好きですよ、可愛いでしょ？」

「いや、コレ……。エ……？」

家の中をよく見たら、見慣れない生き物がたくさんいることに今さら気がつく。

羽の生えた神々《こうごう》しいヘビに、一本のツノを持つピンク色の馬、猫ほどの大きさの虹《にじ》色の蝶《ちょう》……他にもたくさん。

私は幼い頃から生き物が好きだ。

だから動物はもちろん、魔物も全種覚えている。

だから言える。

これは全て——

「ぜ、全部……幻獣……。キュウ」

「天宮城さん!?!?」

脳の処理が追いつかず、私は変な声を出したまま、意識を手放して床にひれ伏した。

第6話

冷蔵庫を開けてペンギンたちを見るなり、いきなり気絶してしまった天宮城《うぐしろ》さん。

救急車を呼ぼうかと思ったが、息はちゃんとしていたのでとりあえずソファに寝かせることにした。

もしかしたら相当疲れていて限界だったのかもしれない。綱引きなどせず、早く家の中に招き入れた方が良かったかな。

「申し訳ないことをしちゃった……」

『シュー……』

「うん、起きたら謝るよ」

パタパタと四対の羽を羽ばたかせ、僕の首に巻きついてくる真っ白なヘビ。その体はツルツルの鱗ではなく、ふわふわの白い毛に覆われており、くすぐったい。

この子はシラハ。元々うちに住み着いていた先住ヘビだ。魔物か、突然変異個体なのかはわからないが、大人しいから気にしていない。

「う、うーん……？」

「あ、大丈夫ですか⁉　すみません、体調が悪いとは知らずに……」

「いや、体調が悪かったわけではないわ」

天宮城さんは唸りながら体を起こす。そして辺りを見回し、ペットたちと目を合わせる。

すると、目頭をつまんでため息を吐いた。

やっぱり体調が悪いのだろうか……。

「あのぉ……本当に大丈夫ですか？」

「……えぇ。人って、予想を遥《はる》かに超える衝撃を受けると、逆にものすごく落ち着けるのね……」

「はぁ。よくわかりませんが、お水どうぞ」

「ありがとう」

ゴクゴクと水を飲み干すと、僕に質問を投げかけてくる。

「咲太君。あなたは、ペットたちが幻獣ってことを知らないで飼ってるのかしら？」

「え、幻獣なんですか⁉」

「幻獣に決まってるでしょ！　その羽の生えたヘビとかユニコーンとかぁ！！！」

げ、幻獣だったんだ……。

てっきりダンジョンで勝手に生まれた魔物か、突然変異した動物かと思ってた。

そもそも僕は、魔物図鑑も幻獣図鑑も見たことがない。それどころか、動物園も水族館も、行ったことがない。行かずとも、僕のところには珍しい生き物が集まってきたし。

「じゃあこのシラハ……このヘビはなんて幻獣なんですか？」

『シュ～？』

「そのヘビは〝天咬蛇《アマガミヘビ》〟。どんな相手でも幸せにできるホルモンを噛んで注入できるけれど、過剰摂取《オーバードーズ》されると、脳がドロドロに溶けて死ぬわよ」

「脳が溶ける～、ってやつなんですね！」

「文字通りの意味で、物理的にだけれどね……」

『シュゥ』

シラハにたまに甘噛みされて嬉しい気持ちになっていたけれど、一歩違えたら脳が溶けてたんだ。

さすが幻獣、と言うべきなのだろうか。

「じゃあ……。みんなおいで。このペンギンたちは？」

『ピィ？』

『ぴ！』

『ぴ～♪』

冷蔵庫からペンギンたちを取り出し、手のひらに乗せる。全員で五体おり、みんな僕の指にすり寄って甘い声で鳴いている。

「〝ベイブペンギン〟。体から自由に冷気を放出でき、五体もいればゾウくらい簡単に凍らせられるわよ」

「五体いるから凍らせられる！」

「凍らせるんじゃないわよ。……うぅ……やっぱり見れば見るほど可愛い……♡」

ぴよぴよと鳴くペンギンたちにハートを射抜かれ、直視できていない様子の天宮城さん。

本当に幻獣だったんだなぁ。

ちなみに、僕の家にはあと五十種類ほど動物がいるけれど、あと何種が幻獣なんだろう？

「じゃあ次は――」

「待って！　そのことでちょっと思ったのだけれど、次の配信、コラボしない⁉」

「え？」

「コラボしてたら幻獣を私が紹介できるし、配信盛り上がるし！　どうかしら！！？」

一瞬で距離を詰め、食い気味にそんな提案をしてくる。

僕は配信初心者で、右も左もわからないので、願ったり叶ったりだ。

けど、彼女のメリットは……あぁ、幻獣をもふもふできることか……。

「でも、初心者ですし、迷惑かけちゃいませんか？」

「大丈夫よ。私はいろんな魔物や幻獣をもふ……じゃなくて、観察するために配信を始めたんだから。あなたといた方が、私の〝動物から嫌われる体質〟も弱まるみたいだし」

「あぁ……嫌われてるんですね……。あはは」

「悲しいことにね。……え、今なんで笑ったのかしら？」

整理すると、僕は配信について教わる、天宮城さんは幻獣をもふもふする。お互いメリットがあるし、答えは決まった。

「わかりました。じゃあコラボしましょう！」

「！　えへへ、やった。……こ、コホン。ありがとう咲太君。これからよろしくね」

「はいっ！　早速明日やりますか!?」

「そうね……。私も空いてるからそうしましょ。ＳＮＳでも告知しとくわ！」

一瞬、花のような可愛らしい笑みを浮かべていたが、恥ずかしくなったのか、スンッと無表情に戻る天宮城さん。

結構恥ずかしがり屋さんなのかもしれない。

こうして、先輩配信者の天宮城さんとコラボをすることになった。

第7話

――翌日、日曜日。

僕は天宮城《うぐしろ》さんからのモーニングコール（ピンポン連打）で起こされ、急いで準備をした。

コラボ内容は、一緒にダンジョン攻略をするというもの。ただし、ただの攻略ではなく、今うちにいる幻獣を三匹ほど連れて攻略をするらしい。

連れていくのは、昨日連れて帰った霹靂鳥《ハタタドリ》……改め、ピー助。そして天咬蛇《アマガミヘビ》のシラハ。最後は黄金の毛色で杵《きね》を背負うウサギだ。

ダンジョンに行くまでの道で目立ってしまう問題が生じたが、天宮城さんは魔法を使って目的地のダンジョンまで空間転移した。

本来ならば魔法はダンジョン内でしか使えないはずだったけれど、天宮城さん曰く「もふもふのためならば私は理《ことわり》すら変えるわ」とのこと。

よくわからないね。中二病なのかな？


「さて、それじゃあ始めますか？」

「そうね、もう時間だし。あと私のことは天宮城さんじゃなくて、配信中は〝あまみや〟って呼んでね？」

「はーい。じゃあつけますね。配信スタート！」

ダンジョン用配信カメラのボタンを押し、配信をスタートさせる。

：来たァアアアアアア！！！
：圧倒的俺得コラボ
：ダンジョン配信だな！
：鳥ちゃんかわeeeee
：ヘビとウサギ増えてね……？
：盛　り　上　が　っ　て　き　た
：可愛いしかいねェ‼
：本当に男か……？
：→スパチャでパンツ下ろしてって頼めよ
：スパチャ解禁されてへんねん

コメントが滝のように流れてきて目がキマリそうになる。チラリと同説数を確認してみると、なんともうすでに４万人を超していた。

天宮城さんってもしかして……すごい配信者の人だったのかな……。チャンネル見てないからわかんないけど。

「今日は、私とサクたん君でこのCランクのダンジョンに潜っていくわ。サクたん君はダンジョンや配信は初心者だから、私が教えていく形になるわよ」

「よろしくお願いします！　準備バッチリです！」

前回は手ぶらでダンジョンに潜っていたのだけれど、天宮城さんから叱られたので今日はちゃんとリュックサックに色々と入れてきた。

「じゃあ潜る前に、リュックに何入れたか教えてもらっていいかしら？」

「もちろんです！　えーっと。５００円以内のお菓子、レジャーシート、水筒、お手拭き、トランプ……とかですね！」

「はぁぁぁぁ…………」

「？」

：遠足かよｗｗ
：いまどき５００円くらいじゃ何も買えねぇだろ⁉
：あまみやちゃん、サクたんはこういう奴だｗ
：ダンジョンは遠足だった……？
：帰るまでがダンジョン攻略＝遠足。ＱＥＤ
：この子ほんと好きｗｗ
：となりの生き物たちはスルーですかぁ⁉

：バナナちゃんと持ってきたか？
：→バナナはお菓子じゃねぇ。アウト
：→バナナはお菓子だろうがァ！！！

自慢げにリュックから取り出して天宮城さんに見せたのだが、深いため息を吐かれて呆れられる。

コメント欄で言われている通り、バナナがないことが気に食わなかったのかもしれない。

「次はバナナ持ってきます！」

「いや……え？　うん、わかったわ……」

：草
：ｗｗｗ
：ガチ困惑で草
：そりゃそうｗ

リュックの中身はもういいと言われたので、早速ダンジョンに潜ることになった。

薄暗いダンジョン内をカメラのライトで照らしながら進んでいると、天宮城さんから問題が投げかけられる。

「サクたん君、ダンジョンを攻略するにあたって、どうやって進んだらいいと思う？」

「そうですね……暗くて迷子になりそうだから難しそう……。どうやって進むか……あ！　わかりました！　すみませーん、道聞いてもいいですかー？」

『ワウ？』

ボロボロの布をまとう人型の狼さんに声をかけた。

：それコボルトですｗｗ

：旅行先じゃあるまいにｗ

：まーたやらかそうとしてるよｗ

：あまみやちゃんドン引きで草

：これくらい普通だろ？

：→もうサクたんに毒されてーら……

：サクたん最強！　いぇいいぇい！

：もうどうにでもなってくれｗ

「下の階層に行きたいのですが、道わかります？」

『ワゥッ。ワウワウ！』

狼さんは少し考える素振りを見せると、奥を指差して吠えた。僕はドヤ顔で天宮城さんに顔を向けたが、天宮城さんは顔を引きつらせて僕を見ていた。

でも、やっぱり道は、そこに住んでる人に聞くのがベストだよね？

「合ってますか？」

「う、うーん……。違うと思う」

『ピィー！』

「あ、狼さん消えちゃった」

天宮城さんに否定され、狼さんもピー助の怒りの雷撃で消し炭にされる。

：道を教えてくれた心優しきコボルト、幻獣に消されるw
：おいたわしや……
：でもサクたん何も思ってなさそうな顔しとるw
：結構冷徹やね
：萌えるね
：蔑《さげす》んだ目で見てほしいね♠
：ちなみに正解はなんなんだろうな？
：予《あらかじ》めそのダンジョンのマップ買う一択だろうが

「いい？【サーチ】の魔法でダンジョンの構造を探知して進むのよ」

：※ダンジョンの構造を全て探知するのは普通無理です
：あまみやちゃんもイかれてたぁ……！
：そういやぶっ壊れだったｗｗ
：魔法能力が発現して一週間で上位魔法まで覚えた天才だぞ？
：一般人がいねぇ！！！
：逸般人しかいないｗｗ

こうして、順調な滑りだし（？）でコラボ配信はスタートした。

第8話

ダンジョンを順調に進むこと数分、特に何事もなく進んでいる……わけではなく、色々ありながら進んでいる。
進めば進むほどついてくる魔物が増え、一緒に進んでいるのだ。

：初見です、大人数のパーティーですね（ドン引き）
：スライムにゴブリン、オークにコボルト……
：百鬼夜行

：もう驚かんぞ……ｗ
：これこそがサクたんクオリティーッ！！！
：あまみやちゃんもはや無表情で草
：さすがに慣れるだろうなｗｗ

「もうこれで上層もお終いね。ここから気を引きしめて行くわよ」

「ジョウソウ……ってなんですか？」

「……ダンジョンは上層・中層・下層・深層の四つの領域に分けられるの。難易度がどんどん上がってくって感じよ」

「なるほど。ゲームの一の面とか二の面とかですか」

「まぁそんな感じね」

一の面は賞味肩慣らし程度。二の面から洞窟ステージや敵キャラが増えてくるとゲームで知っているからね。

その程度の知識を持ちながら、中層へ行くための階段を下り始める。

――カチッ。

「「ん？」」

足元から変な音が聞こえたので見てみると、スイッチのようなものを押してしまっているようだった。

――ゴゴゴゴ……！！！

「あはは、典型的なトラップですね」

「呑気ね。まぁ私もだけど」

「あの映画の有名なシーンですね！」

「ああ、そんなのもあったわね」

：コイツらなんでこんな冷静なの⁉
：タヒぬぞ！
：笑ってる場合じゃねぇｗｗ
：何語り合っとんねん！！！！

階段の上からは巨大な丸い岩が転がってきている。それを見て僕はケラケラと笑い、天宮城《うぐしろ》さんは鼻で笑っていた。

天宮城さんは手をかざして魔法を発動させようとしているが、そこまするほどではないだろう。

「ピョン左衛門《ざえもん》」

『キュイッ‼』

僕が名を呼ぶと、後ろで待機していた金色のウサギが飛び出す。

そして、くるくると回転しながら岩に突進し、ドロップキックで岩を粉砕した。

「よしよし。偉いねピョン左衛門」

『キュイ～♡』

：うさちゃんTueeeeee!?!?
：粉砕！　玉砕!!　大喝采！！！
：ただのうさちゃんじゃねぇなこれw
：名前ピョン左衛門なんだw
：ウサギかわよ♡
：まさか幻獣か……？
：んなわけw
：ありえーるでしょ……
：解説ぷりーず！

自慢の脚力で岩を粉々にしたピョン左衛門を見て、リスナーさんたちは大盛り上がりしているようだ。

そういえばこの子の紹介をしていなかったし、天宮城さんに説明してもらおう。

「このウサギは幻獣――〝餅月兎《モチヅキウサギ》〟。体の大きさにそぐわぬ怪力かつ、背負っている杵で殴ると、殴られたものは餅のような弾力を持つようになるわ」

「そういえばピョン左衛門、僕が転んだ時によくそのハンマーで地面殴ってたね」

『キュイキュイ』

えっへんと言わんばかりに胸を張るピョン左衛門。うへうへとヨダレを垂らす勢いで笑う天宮城さんから、ピョン左衛門は少し距離を取った。

:幻獣ってそんなポンポン現れるもんなんすかね……？w
:んなわけねぇだろ！w
:やっぱこの子のおかしいよ……（褒め言葉）
:【速報】サクたん、幻獣ハーレムを作り上げていた
:じきに慣れる時が……来るのか？
:適応しろ、必要だろ
:あまみやちゃんのこんな顔初めて見たぞｗｗ
:デレッデレで草
:サクたんに近寄らないでくださいw

「そういえば、みんなにちゃんと紹介してなかったから、今しよう。昨日出会った霹靂鳥《ハタタドリ》のピー助。僕が幻獣と気づかず飼ってた天咬蛇《アマガミヘビ》のシラハ。同じく気づかず飼ってたピョン左衛門です！」

『シュー……』

『ピィー？』

：気づかず飼ってたマ？？？ｗｗ
：普通気づくだろ……
：アマガミヘビってはっぴーになりながら脳溶かされるやつやんけ！
：用法用量守ったら大丈夫やで
：→まず目撃例がないので使えませんｗ
：社畜です。アマガミヘビちゃん貸してください……
：ふつうに欲しいぞｗ

どうやらシラハは人気の幻獣らしい。もふもふで、羽まで生えてるから可愛いしね。

「シラハちゃん可愛いわね……」

「首に巻いてみます？」

「みる！！！」

：迫真で草
：どんだけ好きなんだｗ
：前から動物好きだったけど、サクたんと関わってから拍車かかってきたな

：目が怖いよぅ……
：シラハちゃん若干嫌がってるｗｗ
：ダンジョン内とは思えないほど呑気

「あ……うわぁ、もふもふ……♡　もう無理っ……スゥーーッッ！！！」

『!?　シャーッ！！！』

シラハを首に巻くや否や、天宮城さんは辛抱たまらん感じになって、シラハを自分の鼻に近づけ、吸引し始めた。

俗に言う〝猫吸い〟みたいなものだろうか。なんにせよ、シラハがめちゃくちゃ嫌がっている。

「えへへ♪」

天宮城さんは花が咲いたような可愛らしい笑みを浮かべていた。

：可愛い
：かわ
：シラハちゃん耐えて……ｗ
：幻獣に不敬だぞｗｗ
：あまみやちゃんの奇行、切り抜き班出撃致すｗ

一応天宮城さんには配信やダンジョンや幻獣について教えてもらっているし、ここは好きにさせてあげよう。

ごめんシラハ、もう少し耐えててね……。

第9話

天宮城《うぐしろ》さんからシラハを返してもらい、自分の首に巻き直した。怒りの甘噛みをされているが、脳が溶ける気配はない。

そんなこんなで中層を進んでいくこと数十分、目先には大きな空間が広がっていた。

「あの場所はなんですか？」

「あれは〝ボス部屋〟よ。普通に現れる魔物よりも強い個体が、先に行くのを防いでいるの」

「ほぇー。大丈夫なんですか？」

「ここにいるのはCランクのミノタウロスだし、まぁ楽勝よ。けど油断したら簡単に死ぬわ」

：二足歩行の牛だな
：ボス部屋の魔物ってデケェんだよなぁ……
：ボスミノタウロスは普通に強いぞ！
：幻獣いるからEZ

：みんながんばえー
：普通なら緊張感あるけど、ここは皆無だなw
：安心して見れるチャンネル

その空間へと進むと、中央に丘のようなものが見える。

よく見てみるとそれは、筋骨隆々《きんこつりゅうりゅう》な牛だった。

こちらの存在に気づくと、床に置いていた斧を手にして立ち上がる。

『ブモォオオオオ!!』

けど、違和感がある。今まで関わってきた魔物とはなんとなく違う。これは……本当にその類《たぐい》のものなのかな……？

そう思ったのも束の間、ミノタウロスがこちらに向かって斧を振り下ろしてきた。

「危ないわね！　でもサクたん君にまで!?　これまで魔物がサクたん君を襲うことはなかったのに」

「…………。あれはそういうのじゃない気がします。うーん……よくわからないけど、生き物じゃない……？」

ピョン左衛門が杵で斧を受け止め、斧が僕らに届くのを防ぐ。


：このダンジョンのボスの魔物はテイムできない……ってコト!?

：確かに、ボスの魔物って決まった行動しかとらねぇよな
：生き物じゃないんか⁉
：じゃあ倒すしかないんかー

ピョン左衛門もこちらをチラチラ見ながらミノタウロスの猛攻を軽くあしらっている。倒していいのか？　と目で訴えかけていた。

衝撃で地面が割れ、岩の破片がこっちに飛んでくる。

「いてっ！」

「だ、大丈夫⁉」

手に擦り傷ができ、赤い血が垂れてきた。

——ピリッ。

瞬間、ダンジョンの空気が変わった。

ピー助、シラハ、ピョン左衛門の目つきが変わった気がする。

この部屋の外からは地響きが聞こえてきて、段々と近づいてきた。

：サクたん……血が……ッ‼
：ミノタウロス許すまじ
：てか変な音しない？

：地響きってか、足音？

：サクたんは魔物から好かれまくってる。ボス部屋に野良《のら》の魔物の乱入はよくある。つまり……？ｗ

：ヤバすぎるｗｗｗ

――ドドドドドドッ！！！！

「な、なんなのよこれ！！？」

「わぁ！　あはは、全員集合だ～!!」

ダンジョン内にいるありとあらゆる魔物たちがこの空間に集合したが、皆殺気立ってボスのミノタウロスめがけて走っている。

スライムが足元を絡《から》め、ゴブリンたちは棍棒で殴り、コボルトは噛みつき……。

ミノタウロスはもがき苦しみ叫ぶが、次第にその声は薄れて消え失せた。

「あ、素材になってる」

「は……え……？　なん、なのこれ……」

：ややりやがったｗｗｗ

：圧倒的数の暴力で草

：サクたんってもしかしてヤバすぎる存在……？
：歩く災害ｗ
：彼に喧嘩《けんか》を売ったら最期
：ミノタウロスざまぁみろってんだ！
：切り抜きしてきもーすｗｗ
：→サクたんアンチ勢への切り抜きだなｗ
：悪口言ったらこうなるて……恐ろしっ
：拡散拡散〜！ｗ

ミノタウロスを討伐したあとの魔物たちは、絆創膏《ばんそうこう》を貼ってくれている天宮城さんをジーッと見つめて圧をかけている。

処置が終わったら心なしかみんな嬉しそうな顔になっていたし、心配してくれているみたいだ。

「サクたん君……あなたって本当に何者なの……？」

「哲学ですか？　ちょっと専門外ですね！」

「いや、うーん……まぁいいわ。あなたが人類の敵じゃなくて本当に良かったわ」

：本当にそうｗ
：世界滅亡ＲＴＡしちまうよ

：その気になればサクたんの意思で大氾濫《スタンピード》起こせそうｗｗ
：世界で六人目のXランク探索者になれるだろ
：やばい子が埋もれてたもんだな〜ｗ

連れてきた幻獣たちが、ボス戦に参加できなかったことが悔しいのか、不満げな顔をしながら僕にすり寄ってきている。

僕は、平等にみんなを撫でながら、自分の手にある絆創膏に目を向けた。

「……怪我するのなんて何年振りだろうなぁ。いつもみんなが守ってくれてたし」

僕は涼牙みたいに力が強くないし、天宮城さんみたいに魔法が使えない。いつもみんなが守ってくれてるから感謝しないとなぁ。

「いつもありがとね」

『シューッ』

『キュイ』

『クルルルゥ』

「そうだね、ピー助はこれからお願いするよ」

ボスもダンジョンのみんなと協力して倒したことだし、先に進もう！

どんな魔物が出てくるのか楽しみだな〜。

第10話

「さっきのボスの魔物も出てくるんですねー」

「だいぶ深くなってきたからね……」

ボス部屋にてボスであるミノタウロスを難なく倒し（魔物たちが）、さらに奥へと進んでいる。

もう何回階段を下りたか数えきれないほど下り、ボスだったミノタウロスも普通に通路にいる。

『ブモッ、ブモッ』

『モォー』

「筋肉すごいね。ムキムキ！」

『ブモッ♪』

「なんなのこの空間は……」

もうボス部屋の魔物ではないので、ミノタウロスたちは必然的に僕のパーティーメンバーに参加している。

：うーん、勝てる気がしねェ……
：ボディーガード並みにおるｗｗ
：ミノタウロス軍団を従える華奢《きゃしゃ》な男の娘

：うほっ♡　良い筋肉だらけ♡
：あまみやちゃん顔青くて草
：サクたんの満面の笑みがイかれてるんよ
：四方八方巨漢だらけだしなｗ

まぁ確かに、こんなに厳《いか》つい魔物さんたちに囲まれてたら、怖がられてしまうかもしれないなぁ……。

「牛さんたち、あまみやさんが怖がってるから少し離れてほしいかも……」

『ブモッ!?』

『モ、モウ……』

「ごめんね？」

『シャーッ!!』

驚いた声を漏らし、僕の言葉に頷いたあと、トボトボとした足取りで僕らから離れる。しかし、あくまで離れるだけ。

ダンジョンの曲がり角から、数十匹のミノタウロスがひょっこりと顔を出してこちらを見つめてきている。

：ホラー映像ｗｗ

：画面暗くしてこの配信見てみな。漏らすぜ
：→おい、俺の布団洗濯しなきゃいけなくなったんだが？
：あ、愛されてるねー……（震え声）
：怖すぎんだろ！ｗ

なんだかリスナーさんたちと天宮城《うぐしろ》さんはさっきより悪化したとか言ってるけど、一件落着だよね！

鼻歌を歌いながら歩いていたのだが、ふと思い出した。

「そういえばですけど、〝お宝〟って本当にあるんですか？」

以前、涼牙にダンジョンにはお宝が眠っていると教えてもらっていたのだ。

「ええ。ダンジョンのどこかに宝箱が設置されてることがあるわ。だけど、基本的にランダムに設置かつ超低確率だから探すの大変よ。あと、ミミックっていう擬態《ぎたい》した魔物もいるから気をつけるべきね」

「へぇー！　お宝もその魔物も見てみたいなぁ」

ダンジョンのお宝という、ワクワクするものを放っておくわけにはいかないでしょ！

僕がそんなことを呟《つぶや》いていると、どこか遠くから不思議な音が聞こえてくる。

ガコガコと何かが暴れる音と、ズリズリと何かが引きずられる音。

その音を確かめに向かってみるとそこには――

「わぁ！　宝箱が宝箱持ってきてる！？！」

「……み、ミミックが、宝箱引きずってる……」

宝箱が宝箱を引きずって僕たちの前に現れたのだ。

よく見てみると、片方の宝箱は牙《きば》があり、舌でもう一つの宝箱を運んでいる。口の中に目があり、キラキラとした目で僕を見つめた。

「もしかしてくれるの？」

ガコガコッ！

「うん！」と言わんばかりに体を揺らし、宝箱を僕に差し出してくる。

宝箱の魔物……ミミックだっけ。この子ってすごい良い魔物なんだなぁ！

：サクたん君さぁ……
：ちゃんとタイトルに【神回】ってつけなさい
：サクたんがいれば宝箱回収し放題……ってコト⁉
：もはや羨《うらや》ましいとは思わんｗｗ
：供給過多です……
：もう俺たちのライフはゼロよ！
：あまみやちゃんもゼロやでｗ

ミミックがくれた宝箱を開けてみると、そこには二本の剣が入っていた。

チラリと天宮城さんを見てみると、笑ってしまうほどあんぐりと口を開けていた。

「あはは、昔、うちにやってきたカバを思い出しますね！」

「私がカバだって言ったかしら」

「ナンデモナイデス……」

「はぁぁ……。Aランクのミノタウロスの武器……〝穿角双剣《せんかくそうけん》〟ね。世に出回っているのは指で数える程度かしら……」

「すごいんですか？」

「当たり前でしょ⁉」

：Aかー
：Sランク出るかと思ったな
：CランクダンジョンでAランクの宝出たの初じゃね？
：渋いね
：コメント欄しっかりしろ！　Aランクでもおかしいんだよ！！！
：サク民《たみ》、サクたんに慣れてきてるｗｗ

男の子たるもの、カッコよくてロマンがあるものには目がないものだ。僕だって男の子だし、こういうカッコいい武器を持つのを夢に見てた！

早速手に取って持ち上げようとしたのだが……。

「ふっ、う、ぅぅぅ……!! ふんぬぅぅ～っ!!」

も、持ち上がらない……!? この剣、中に変なの入ってる気がする!!

：エッ！？！？

：ふぅ……

：お か ず 決 定

：エッチなのはダメ！

：剣持てないんやｗｗ

：腕ほっそいからなぁ……

：あ、落ち込んでるｗ

そういえば僕、筋肉ないんだった。

鼻をすすって落ち込む僕と、宝箱を持ってきたミミックに圧をかけるペットたち。

筋トレ……しようかなぁ……。でも筋トレで筋肉ついたことないし……。

「あまみやさん、これ、あげる」

「え!? い、いや、売ったらすごい大金が手に入るわよ!!」

「んーん。いい」

「そ、そう……。えっと、ありがとうサクたん君。あの、元気出して、ね?」

「うん……ありがと」

落ち込む僕を慰める天宮城さんとコメント欄で、荒《すさ》みそうになった僕の心は持ち直したが、ミミックは素材に変化していた。

＃　＃　＃

――同時刻、同ダンジョン内にて。

「はぁ……はぁ……! 簡単に捕まえられるんじゃなかったのかよォ!!!」

「捕獲したらボスから金がもらえるけどこれは無理だろ……!!?」

二人組が、巨大なナニカと対峙《たいじ》していた。

筋骨隆々な肉体、赤黒い筋肉に浮き出る血管、湾曲《わんきょく》した角、赤く光る瞳……。

『ブルォオオオォーーッ!!!』

怒りに染まったその幻獣は二人組を追って残虐の限りを尽くし、咲太と天宮城の元へと近づいていくのだった。

殲滅《せんめつ》の暴牛《ぼうぎゅう》――〝ベヒーモス〟が……。

第11話

このダンジョンは全部で十五階層らしく、今僕たちがいるのは十階層だ。

先ほどは普通のミノタウロスばかりであったが、その派生個体であるレッドミノタウロスというものや、ブルーミノタウロスという色違いが増えて、仲間になっている。

ここはボディービルダー大会の会場かな、と思わせる状況だ。

しかし同時に、目の前のフロアには不思議な光景が広がっていた。

「このミノタウロスたち、どうしたんだろう……」

床にひれ伏し、もがき苦しむミノタウロスたちの姿が目に入る。討伐されて素材になるということもなく、生きながら苦しめられているのだ。

僕についてきているミノタウロスたちは怒りを露《あら》わにしていた。

「あまみやさん、これはなんですか？」

「これは……わからないわ。けどダンジョンで起こることじゃなくて、探索者が何かをしたことは確かかね。さっきの二人組かしら……」

『ブモォオ……!!』

『モォ!?』

：趣味の悪《わり》ィ奴らだなァ！
：新手《あらて》のス〇ンド使いの攻撃か？
：サクたんのボディーガードさんたち……
：→※普段は問答無用に殴りかかってきます
：今回の配信で印象が変わっちまったｗ

天宮城《うぐしろ》さんが言ったように、さっき、慌てふためきながら走る二人組の姿とすれ違ったのだ。

けれど、その人たちが何かをしたのだろうか？

嫌な雰囲気を感じつつも先に進もうとしたのだが、ダンジョンに轟音が響き渡り、地面が揺れだした。

『……！　ピィ！！！』

「え、ピー助⁉」

「わっ⁉」

突如ピー助が僕と天宮城さんの首元の襟を摘んで、自分の背中に放り投げる。それから、バサバサと羽を羽ばたかせて後ろに飛んだ瞬間、僕たちがいた床が破壊された。


：ダンジョンの床壊れたんですけど！！？

：硬度はダイヤモンドとかオリハルコンより硬いはずだぞ

：ボスミノタウロスか⁉

：いや、これは……

：なんだよもォォ！　また幻獣かよォォ！！！


『ブモォオォーーッツ！！！！』

「わっ！　すっごい大きい牛さんだ‼」

「う、嘘でしょ……」

床から現れたのは、さっきのボス部屋にいたミノタウロスよりも遥かに大きい存在だった。

赤黒い筋肉からは湯気《ゆげ》が上がっており、赤い瞳とツノがカッコいい。

「あまみやさんあれはなんですか⁉」

「げ、幻獣――〝ベヒーモス〟。普段は牛やミノタウロスと同じ見た目で温厚だけど、過度のストレスを感じると狂暴《きょうぼう》状態になって巨大化し、ことごとくを破壊する……。一説によれば、ベヒーモスの怒りを買った国が一夜で沈んだって聞いたわ……」

「あれはうちで飼えますか⁉」

「私の話聞いてた⁉　しかも今はそんなこと言ってる場合じゃないわよ！！！」

：サクたんあれをペットにするつもりかｗｗｗ
：狂暴状態じゃなかったから飼えるだろ？

：餌やり遅れたら家破壊されそう
：餌なんなんだ？
：草だろ
：ほないけるか……
：なんで飼う流れになってんだよ！？！？
：コメ欄冷静で草
：サクたんならまぁ……いけるでしょ
：圧倒的信頼があるw

狂暴状態でことごとくを破壊する……って言ってたけど、僕の姿を目にした途端に動きがピタリと止まり、困惑したような動きになっている。

もしかしたら暴れたくないのかもしれない……。

過度なストレスを感じると暴れるなら、うまくやれば大人しくさせられるかも……！

「あまみやさん、地面を凍らせる魔法とかってありますか？」

「え、えぇ。上位魔法で使えるわ」

「じゃあ僕が合図したら凍らせてください！」

「は、え、えぇ！！？」

必死に自らを抑えようとしていたが、ベヒーモスはとうとう暴れだしそうになっている。

「ピョン左衛門！」

『キュイッ!!』

ピョン左衛門は杵を勢いよく振りかぶり、地面に思いきり叩きつける。

すると地面は〝もちもち〟になり、ベヒーモスの体は沈み始めた。

「あまみやさんお願いします！」

「いきなりすぎるでしょ!?　仕方ないわね……【アブソリュート・ゼロ】!!」

『モ、モォオオオ……！！！』

天宮城さんが地面に飛び降りて魔法を発動させると、モチモチになった地面は凍《い》てつき、ベヒーモスの下半身がカチコチに凍る。

腕を振るって暴れようとするが、ピョン左衛門と仲間になったミノタウロスたちがなんとか押さえていた。

「サクたん君！　そう長くは持たないわよ！！？」

「だいじょ～ぶいですっ！　ピー助、あの子の顔まで近づける？」

『ピィッ!!』

「よし、いい子だね」

青い羽を羽ばたかせ、ピー助がベヒーモスの顔の横を通り過ぎる。その時、僕が持ってきたレジャーシートを広げて、ベヒーモスの顔にかけることに成功した。

ベヒーモスは顔についた異物を取るため、それに手を伸ばしている。

けれど、その一瞬で大丈夫。

――カプッ。

『ブ、モ、ォォ……』

『シューッ……』

ベヒーモスの脇腹に、シラハが噛みついたのだ。

ストレスを感じているならハッピーになればいい。そう思って、噛んだ相手を幸せにするシラハを出したのだ。

『………モゥ』

威圧的な見た目だったベヒーモスの姿ではなく、子牛の姿に変化していた。

「小さくなると可愛い！　ウチに来る〜？　来るよね!?」

『モ、モウ……』

僕が駆け寄ってみると、ペロリと頬を舐めてひっついてくる。

言葉は発しないが、感謝されているような気がした。

「ほ、ほんとに狂暴状態のベヒーモスを鎮《しず》めちゃった……」


：うおおおおお！！！！！！

：やりやがった！

：やばすぎるｗｗｗ

：ガチのテイマーじゃねぇか‼
：ガ　チ　モ　ン　バ　ト　ル
：よかったね、ベヒーモスきゅん！
：公式からの供給多すぎるってｗｗ
：俺たちが外せる顎《あご》が足りねぇよ……
：→わいの顎やるよ
：おめっとさん！
：戦闘シーン助かる
：ベヒーモスまで手懐けやがったｗｗ
：ワァ……最強テイマーだぁ……

「えへへ♪　これからよろしくね！」

『モー』

何はともあれ、ベヒーモスゲットだぜ！！！

【サクたん＆あまみや】コラボ配信を見守るスレ【幻獣】

51. 名無しのリスナー
そろそろ始まるぞ……！

52. 名無しのリスナー
男とコラボなのに全然炎上してないな？

53. 名無しのリスナー
あまみや ch のガチ恋勢がもっと暴れ倒すかと思った

54. 名無しのリスナー
サクたんがガチで美少女すぎるんよ ww

55. 名無しのリスナー
貶そうにも思いとどまらせるほど美少女（♂）

56. 名無しのリスナー
お、来た！

57. 名無しのリスナー
始まったぞぉおおおおおお

58. 名無しのリスナー
美人と美少女タッグ良き……

59. 名無しのリスナー
昨日の鳥はわかるぜ
だが首に巻かれている白ヘビと金色のウサギはなんなんだぜ……

60. 名無しのリスナー
はっはっは、幻獣とかあるわけ～
……
あるな

61. 名無しのリスナー
いかんせんサクたん

62. 名無しのリスナー
前科アリだからな

63. 名無しのリスナー
>62
罪ではないだろ
……まぁやらかしてはいるが……

64. 名無しのリスナー
今回はＣランクダンジョンだとよ

65. 名無しのリスナー
あまみやちゃんがサクたんに手取り足取り教えるだとぉ⁉
ぐふふ

サクたん「次はバナナを持ってきます！」
wwww

74. 名無しのリスナー
バナナは遠足で定番のお菓子だもんね

75. 名無しのリスナー
>74
バナナはお菓子じゃねぇだろ

76. 名無しのリスナー
>75
お菓子だよ

77. 名無しのリスナー
>76
お菓子じゃねぇって!!!

78. 名無しのリスナー
バナナ論争してる間にサクたんがなんかしてるぞ

79. 名無しのリスナー
コボルトに道聞いてるww

80. 名無しのリスナー
ちゃんと道聞けて偉い！ w

81. 名無しのリスナー
最近の若者はこれができねぇからなぁ……

66. 名無しのリスナー
>65
通報しました

67. 名無しのリスナー
>66
捕まりました

68. 名無しのリスナー
おっ、サクたんもちゃんと準備してるみたいだな
流石はわいの弟やな

69. 名無しのリスナー
サクたんが準備したもの
・500円以下のお菓子
・レジャーシート
・水筒
・お手拭き
・トランプ
↑遠足じゃねぇか!!!!

70. 名無しのリスナー
ダンジョンは遠足
常識だろォ？

71. 名無しのリスナー
あまみやちゃんのクソでかため息助かる

72. 名無しのリスナー
サクたんのポンコツ助かる

73. 名無しのリスナー

82. 名無しのリスナー
>81
コボルトに道聞いたら噛みつかれるぞ

83. 名無しのリスナー
コボルト道教えてて草ww

84. 名無しのリスナー
>83
草に草を生やすな

85. 名無しのリスナー
あ、コボルト消された

86. 名無しのリスナー
コボルト　OUT

87. 名無しのリスナー
サクたんって魔物が死んだら悲しそうになるかと思いきや、何も感じてなさそうだよな

88. 名無しのリスナー
見かけによらず達観してる

89. 名無しのリスナー
あまみやちゃん「【サーチ】でダンジョンの構造を探知して進むのよ」
う〜〜んこのww

90. 名無しのリスナー
アホほどの魔力量と凄腕じゃなきな無理w

91. 名無しのリスナー
どっちも頭おかしいよ……

92. 名無しのリスナー
まぁ気長に見ようや

〜（中略）〜

117. 名無しのリスナー
いかれたパーティーメンバーを紹介するぜ！
スライム、ハイゴブリン、コボルト、オーク、スケルトンだぜ！

118. 名無しのリスナー
魔物とエンカウントしたら勝手に仲間になるの草

119. 名無しのリスナー
中層に行くみたいだな

120. 名無しのリスナー
なんか床からスイッチ音したぞw

121. 名無しのリスナー
イン〇ィ・ジ〇ーンズだ!!!ww

122. 名無しのリスナー
こいつら……ずっと笑ってやがるw

123. 名無しのリスナー

はえっ!?

124. 名無しのリスナー
ファー ww

125. 名無しのリスナー
うさぎ強ッ!!?

126. 名無しのリスナー
【幻獣：餅月兎《モチヅキウサギ》】
岩をも砕く怪力。背負っている杵で殴ったものは餅のような弾力性に変化させられる能力を持っている。

【幻獣：天咬蛇《アマガミヘビ》】
どんな相手でも幸せにできるホルモンを咬んで注入することが可能で。過剰に摂取されると脳がドロドロに溶けて相手は死ぬ。

127. 名無しのリスナー
なんつーバケモンを手に入れてたんだ ww

128. 名無しのリスナー
本人曰く気づかず飼育していたらしい

129. 名無しのリスナー
ハッピーで埋め尽くせるな！

130. 名無しのリスナー
あ……吸われてる

131. 名無しのリスナー
何やってんだあまみやァ！

132. 名無しのリスナー
かわいい

133. 名無しのリスナー
チクショウ、かわいいから許すぜ

134. 名無しのリスナー
あ＾～たまらんのじゃ

135. 名無しのリスナー
まだ始まったばっかだけどもうお腹いっぱいなんだが ww

～（中略）～

422. 名無しのリスナー
もうボス部屋か

423. 名無しのリスナー
はっや ww
RTA でもしてんか？

424. 名無しのリスナー
>423
だって戦わないで全員もれなく味方にしてるから……

425. 名無しのリスナー
ボスミノタウロスきちゃ！

ミノタウロスくんさぁ……

436. 名無しのリスナー
お前を殺す（デデンッ！）

437. 名無しのリスナー
遠くから足音聞こえね？

438. 名無しのリスナー
はっ？

439. 名無しのリスナー
は???

440. 名無しのリスナー
やｗりｗやｗがｗっｗたｗ

441. 名無しのリスナー
今どういう状況なん？

442. 名無しのリスナー
サクたんが傷つく
↓
それを感じ取った魔物たちがボス部屋に押し入る
↓
数の暴力でボスミノタウロスご臨終

443. 名無しのリスナー
やばすぎんだろwww

444. 名無しのリスナー
サクたんには絶対手を出したらいけない

426. 名無しのリスナー
ボス部屋の魔物はデケェんだよな
でかいだけで厄介になる

427. 名無しのリスナー
ふぁっ!?

428. 名無しのリスナー
サクたん攻撃されそうになっとるやん！

429. 名無しのリスナー
サクたん「生き物じゃない」

430. 名無しのリスナー
なんか……長年の謎が解明されそうな予感

431. 名無しのリスナー
あ

432. 名無しのリスナー
あ

433. 名無しのリスナー
は？

434. 名無しのリスナー
ミノタウロスが攻撃してボス部屋の床がちょっと壊れて、破片がサクたんの手に当たった
血が出た

435. 名無しのリスナー

445. 名無しのリスナー
世界が敵に回るｗ

446. 名無しのリスナー
うひょ～！
SNS に上げた切り抜きがじゃんじゃん再生されるぜ～！

447. 名無しのリスナー
もはや危険人物だろこれｗ

448. 名無しのリスナー
ボス部屋クリアしたけどまだ先進むんやな

449. 名無しのリスナー
ミノタウロスもお仲間になっておりますｗｗ

450. 名無しのリスナー
筋肉に囲まれる美少女（うち１名♂）たちの映像

451. 名無しのリスナー
あ、サクたんに離れてほしいって言われてるｗ

452. 名無しのリスナー
ミノタウロスたち影から覗いてる
怖すぎるっぴ

453. 名無しのリスナー
サクたん、宝箱見たいらしいな

454. 名無しのリスナー
でも宝箱ってほぼ無いようなもんだろ？
あってもミミックかＥランクのクソ素材

455. 名無しのリスナー
>454
あのぉ……宝箱見つけてるんですがｗｗ

456. 名無しのリスナー
ファーーーーｗｗｗｗ

457. 名無しのリスナー
ミミック（宝箱）が宝箱を持ってきている貴重な推し活シーン

458. 名無しのリスナー
もう……サクたん……もうさぁ！（語彙消滅）

459. 名無しのリスナー
しかもＡランクの双剣でごぜぇやす……

460. 名無しのリスナー
もう驚きますん

461. 名無しのリスナー
※Ｃランクダンジョンで A ランクの武器が出るのは前例ありません

462. 名無しのリスナー

焦んないとやばいって!!!

671. 名無しのリスナー
どうやらなんとかして落ち着かせるらしいぞ

672. 名無しのリスナー
でもサクたん、戦闘力ミジンコっぽいけといけるか？

673. 名無しのリスナー
>672
サクたんはテイマーやで
幻獣を使うんや

674. 名無しのリスナー
うさちゃんが地面フニャフニャにさせたぞ！

675. 名無しのリスナー
こう見ると強いのかもしれんな……

676. 名無しのリスナー
あまみやちゃんの上位魔法キチャーー!!!!

677. 名無しのリスナー
氷で固めて数で襲いかかってんな
あとベヒーモスの拳を捌けてるし、
ウサギも幻獣なんだなぁ

678. 名無しのリスナー
サクたんがレジャーシートをベヒーモスの顔にかけたぞ⁉

けどちょっと待て
サクたん、双剣が重すぎて or 筋肉なさすぎて武器が持てない ww

463. 名無しのリスナー
サクたんに武器は似合わないよ
お花が似合う

464. 名無しのリスナー
あ、サクたん落ち込んじゃった……

～（中略）～

665. 名無しのリスナー
【悲報】狂暴状態のベヒーモス現れる

666. 名無しのリスナー
なんやこいつ⁉

667. 名無しのリスナー
幻獣のベヒーモスらしいで

668. 名無しのリスナー
あまみやちゃんが言うには、一夜で国を滅ぼした化け物って……

669 名無しのリスナー
【朗報】サクたんこの状況でもブレない ww

670. 名無しのリスナー
>669

679. 名無しのリスナー
ん？
なんかベヒーモスの動き固まってね？

680. 名無しのリスナー
どうした

681. 名無しのリスナー
え、終わった?!?

682. 名無しのリスナー
あ……天咬蛇だ

683. 名無しのリスナー
「過度のストレスで狂暴状態になる」だから、はっぴーうれぴーにするシラハ出したんか！

684. 名無しのリスナー
サクたんあの一瞬でこれ思いついたマ!?!?

685. 名無しのリスナー
本人は戦えないだけで、普通に戦闘IQは高いんだろうな

686. 名無しのリスナー
ベヒーモスまで手に入れちまったww

687. 名無しのリスナー
もうサクたんに勝てるやつおるん？
w

688. 名無しのリスナー
通常状態のベヒーモスかわゆいな……

689. 名無しのリスナー
サクたん最強～!!!ww

690. 名無しのリスナー
追っててよかった、サクたん配信!!!!

第12話

「クソッ！　横取りされるなんて思ってなかったぞ……！！」

「サクたんとかいうふざけた配信者みたいだな。チッ。調子乗ってんなこいつ。しかも女じゃなくて男らしいぞ」

廃墟《はいきょ》の壁を殴る二人組の男たち。

彼らはベヒーモスを捕獲しようと目論《もくろ》み、失敗し、咲太たちに押しつけて逃亡した者たちである。

ベヒーモスは普段、牛やミノタウロスに擬態している。そんなベヒーモスを見つけだすため、ミノタウロスや牛を一頭ずつ倒していくのは非効率だと、彼らは〝魔物を苦しめる薬〟を弾丸に込めて撃ちまくっていたのだ。

これが、ミノタウロスたちが苦しんでいた原因である。

「ベヒーモスなんて幻獣捕まえりゃあ、ボスは大喜びするはずだぜ。だから絶対取り返すべきだ」

「だな。ピンチはチャンス……。どうやらこのガキは、他にも三匹幻獣を手に入れているらしい」

「つまり？」

「そいつを拉致って俺たちの言いなりにすりゃあいいんだよ……‼　そしたら漏れなく幻獣四匹俺らのもんだ！」

顔を歪《ゆが》めて笑い、スマホに映る咲太の顔を見る。

「ちょうど配信用カメラもあるしよ～。生配信しながら拷問《ごうもん》しようぜ」

「賛成ｗ　お前天才？ｗｗ」

――触れてはいけない逆鱗《げきりん》。

それを知らない彼ら二人は、醜《みにく》い笑みを浮かべるのだった。

＃　＃　＃

僕と天宮城《うぐしろ》さんのコラボ配信は、ベヒーモスを手懐けたあとに終了した。

無事にベヒーモスも家に招待した。

今ではのびのびとストレスのない暮らしをしてもらっている。

配信後に気づいたのだが、僕のチャンネル登録者が１７１万人になっていて腰を抜かしたのだった。

＃　＃　＃

「三日間で１００万人超えるとは思わなかったなぁ……」

「お前なら散々やらかすと思ったぜ～!!」

「そういう涼牙は、苔テラリウム順調なの？」

「やめたぜ！！！」

「だと思った……」

月曜日の朝。

僕は涼牙とともに高校に登校していた。野良猫や鳩が僕についてきている。

けど……なんだか変な感じがする。

道行く人々が僕の顔を見るなりヒソヒソと話しているのだ。

「……ねぇ涼牙、僕の髪の毛は跳ねてたりする？」

「いんや？　いつもの女みてぇなサラサラヘアーだぜ」

「僕、男の子なのに……。うーん……じゃあなんで見られてるのかな？」

「そりゃお前、トレンドに乗ってて、もう１００万人超えの有名ダンチューバーだからだろうが」

そういえばそうだった。有名になるってこんな感じなんだなぁ！


……と、呑気なことを思って登校し、自分のクラスに入ったのだが……。

「咲太君の配信見たよ!!」

「幻獣どんだけタラシてんだお前!?」

「サインくれよサインー！」

「魔物全員手懐けるってどうなってんだよ……」

「クラスメイトとして誇らしいぜ！」

「あまみやちゃん生で見てどうだった⁉」

「羨ましいなオメ～」

「ミミックのところ、クソ笑わせてもらったわｗｗ」

「可愛かったぞ藍堂。結婚してくれ」

クラスメイトに囲まれ、聖徳太子すら匙《さじ》を投げるレベルの人数に質問攻めをされる。

まだ夏は来ていないというのに、一箇所に人が集まりすぎて暑くなっていた。

「あ、あばばばばば！！！！」

『ヴニャーッ！』

『カァー‼　カァー‼』

敵襲かと思ったのか僕を守ろうとする動物たちがクラスメイトに威嚇《いかく》する事態にもなったが、先生が来てなんとか場を鎮めてもらった。


朝のホームルームが始まり、やっと落ち着ける時間ができる。

「災難だったな」

「笑ってないで助けてよ涼牙……」

「おもしれーからヤダ！」

「むー……！　フンッ！」

「はっはっは！　オメーの蹴りなんざ痛くないぜ～」

「ムカつくっ！」

ムカついたから前の席に座る涼牙を蹴ったのだが、ノーダメージらしい。

「そういえばだけどよ、幻獣って今も連れてきてんのか？」

「っ……。いやぁ……連れてきてるっていうか、実は、二匹ついてきちゃってるんだよねぇ……」

こそっと涼牙に耳打ちした。

——ジ……ジジッ。

——トプンッ……。

すると、不自然に僕のスマホの画面が点滅し、さらに床にある僕の影の中で何かが泳ぐ。

「ま、いーんじゃね？　いざとなればお前のこと助けてくれるだろ」

「そっか。そう考えとく」

まぁバレてもなんとかなりそうだし別にいっか！　いちいち気にするのも性に合わないし、なんも考えないでいーや。

不安をポイッと捨て、猫のお腹を撫でながら先生の長い話を聞き流した。

＃　＃　＃

ダンジョン外に現れた件《くだん》の二人組は、街をうろつきつつ咲太を探していた。一日中探し回り、日が少し傾いて生徒たちが帰る時間帯になっても探し続ける。

そうして彼らにとって幸か不幸か……ついに見つけたのだった。

「……！　ククク！　おい、配信をスタートしろ。見つけたぜ！」

「任せろ！　よし、仮面も被って……配信スタートだ」

下校中の咲太を見つけた二人組は、顔を隠すために仮面を被り、配信用のカメラを起動した。

しかし、ニヤニヤと邪悪な笑みを浮かべて咲太に視線を向けた途端、四方八方から視線が向けられる。

「な、なん、だ……？」

「周りの動物が全員見てやがるな……」

「チッ。幻獣だけじゃなく、普通の動物も手懐ける力持ってんのかよ」

屋根の上、電線、軒下、木の隙間、岩の裏……猫や鳥、虫にトカゲといった生き物たちが二人組に対して警戒を始めたのだ。

「だがなァ……動物ごときが俺たちに敵《かな》うわけねぇんだよ……‼」

「ケッケッケ……！　おい見ろよ、視聴者も集まってきたぜ！」

：何このタイトルの配信
：「サクたんを処す」とか何考えてんだこいつら？
：でも奥に映ってるのガチのサクたんじゃね⁉
：さすがに通報した

：ってかコイツらサクたんの配信に映った間抜けな二人組じゃね？ｗｗ
：逆恨《さかうら》みじゃんね☆
：動物たちも全員見てんな
：こういうのがいるから社会が腐るんだなぁ～

　二人は、コメント欄の煽《あお》りが何一つ響いていなかった。というのも、自分たちの圧倒的蹂躙《じゅうりん》劇を想像していたからである。

　全てが思い通りにいくと信じきっている間抜けな二人なのだ。

「まずは足に鉛玉《なまりだま》ぶち込んで動けなくしまーーすｗｗ」

「そのあとは拉致して、拷問スタートだ！」

　咲太へ次第に近づいていく二人。

　だが、動物たちは手を出さない。

　決して手を出せないのではない。ここで手を出してしまうと足手まといになり、さらには、巻き込まれるかもしれないからだ……。

＃＃＃

　授業が全て終わり、涼牙とも別れて家に帰る途中、僕、咲太は変な二人組に絡まれた。

「よーよー、今帰りですかぁ、サクたんくぅん?」

「ちょっと俺たちとお話ししようか?」

「え、はい? なんですか?」

仮面を被った二人組に話しかけられる。

ハロウィンはまだだいぶ先だというのに、なぜこんな格好をしてるんだろう? 先取りしすぎて半年前から楽しむタイプの人なのかな。

「ここら辺りは人気《ひとけ》もねぇし、助けを呼ぶ間もねぇぜ」

「まずは銃弾をぶち込……ア……ッ!!?」

——ベキッ!!

二人組の一人が懐《ふところ》から何かを取り出そうとした途端、影が絡みついて腕を折った。

あちゃー……出てきちゃったかぁ。

「うぎゃアァアアア!!!」

「お前何してっ——てなんだこれ!!?」

地面から無数の影が伸び、二人組を縛りつけて一ミリたりとも動けなくしている。一人はあらぬ方向へと腕が向いており、もう一人は困惑しきっていた。

「ウオカゲ、もちろんだけど、食べちゃダメだからね?」

『………』

二人組の後ろには、一軒家の影があった。しかし今ではそこに、大きな顎門《あぎと》を開け、牙を見せつけるサメがいる。

一軒家を丸々呑み込めるほどの大きさの頭が影から覗いており、黒炎が燃え盛るような影をまとっていた。

：うぉおおお！？！？
：やっぱり幻獣キターー！
：ＳＮＳで話題になってて心配してたけど……そんなの必要なかったわｗｗ
：二人よっわ！！！！
：お二人さんイキってたのに恥ずかしいでちゅね～～^^
：サクたんやばすぎでしょ……
：後ろの化け物はなんなんですかｗ
：中二病のワイ、サメのビジュアルが完全に刺さる†
：制服サクたん可愛いすぎだろ‼
：そっか、まだ高校生か

「あれ、これってもしかして配信用のカメラ？」

フヨフヨと浮いているカメラらしきものを見つけて覗いてみると、コメント欄も流れている。どうやら現在進行形で生配信しているらしい。

「配信……同業者さんだったんですね！　えへへ、みんな見てますかー？　僕は元気ですよ！」

：見ってるーｗｗ

：殺されかけてたのになぜ笑みを浮かべられるんだｗ

：サクたん無事でよかったよ！

：早く警察呼びなさいッ！ｗ

：同業者の腕折れてるんですけど……

：同業者喰われかけてるんですけどｗｗ

まぁ僕の幻獣がこんな動いたっていうことは、僕に何かしようとしたからだと思うし、こんくらい大丈夫でしょ！

最悪、腕が取れても生やすことができるペットもいるし。

それはともかく、理由を聞いてみないと何も始まらないと思い、二人組に質問をしてみた。

「えっと、僕に何かしようとしましたか？」

「……っ。はっ！　う、うるせぇんだよ、幻獣に囲まれてるだけの甘ちゃんがよォ！」

一人が声を荒らげてきたけど、僕は笑顔で返す。

「はい、毎日楽しいです！　えへへ、わかっちゃいますかね？」

「んで照れてんだよ！　煽ってんのによォ！！」

：【速報】サクたんに犯罪者の煽りは無効！w
：サクたん無敵で草
：何言ってもプラスで捉えそう
：こうかは　いまひとつの　ようだ……
：照れ顔かわいー!!
：助かる

影を泳ぐサメもといウオカゲが後ろで圧をかけているけれど、二人組は屈することなく、僕の質問に答えようとしない。

どうしようかなぁと悩んでいると、僕のスマホが振動し、中から何かが飛び出してきた。

スマホから飛び出したのは、黒く細長いボディーに稲妻模様が入った十センチほどのウナギだった。

「うなぴ！」

ウナギのうなぴは腕が折れていない人の方の腕に突進したかと思うと、体を分解し、その人の肌に吸収されていった。

その人は何がなんだかわかっていないような顔をしていたが、みるみる顔が青くなっていく。

：今のドジョウも幻獣なん？
：知らぬ
：誰か氏ー？　教えてエロい人！
：幻獣〝電子鰻《デンシウナギ》〟。体を電子に変え、電子機器の中や、神経を通って脳に入り込むことが可能なウナギ。物理攻撃無効。〝雷霆《らいてい》の迷宮《ダンジョン》〟から脱走し、インターネットに潜り込んだらしい。
：幻獣〝潜影鮫《センエイザメ》〟。影の中を泳ぐサメ。泳げば泳ぐほど影が海藻のように絡まり、体が肥大化する。それを自由自在に操ることができる。
：エロい人ありがとう！
：普通にぶっ壊れ幻獣ですｗｗ
：えぇ……（強すぎて困惑）
：幻獣全部ぶっ壊れだろうが！
：飼ってる本人も驚いてて草
：サクたんのことだから知らんかったんやろｗ

「そうだったんだ……」

うなぴとウオカゲの詳細を、今この瞬間に初めて知った。

けどまぁなんにせよ、これはうなぴがなんとかしてくれるってことなのかな？

再び、僕は二人に向き合う。

「えっとー、じゃあ僕の質問に答えてくれますかね？」

「痛《い》ってェ……！　お、脅そうが腕を折られようがな、俺たちはいっさい情報を――」

すると。

「……はイ、答えマす」

「は……？」

うなぴが入った方の人は焦点が合っていない目をし、無機質な感じで答えてくれた。

「おいどうしたんだよ!?　テメェ、しゃべったらメンバーから外されちまうだろ！！？」

「………」

「なんか答えろって！！！」

：どうしたんだ？
：多分さっきの幻獣の影響だな
：腕から神経通って脳みそ入ったんだろ？　それで操ってると見た
：えっぐｗｗ
：これで言いなりだな！
：なんでも……。閃《ひらめ》いた
：→通報……は、もうすでにしてあったわ（ガチの方）ｗ

腕が折れている方の人は、なんとかしてうなぴ入りの人を黙らせようとしたり、大声でその言葉を掻き消そうとしたり、色々試みていたが、とうとうウオカゲが影を伸ばしてその口を封じた。

改めて質問を続けてみることにしよう。

「僕に何をしようとしたんですか？」

「銃撃ってテ動けナクしたあと、拉致ヲして、幻獣を俺たチのものにシヨうとした」

「なんでですか？」

「ボスを喜ばセて、金をもらウため」

「なんのボスですか？」

「――〝九尾会《きゅうびかい》〟」

うん、もちろん知らない団体！

リスナーさんたちは知っているのだろうかと思い、コメント欄に目を向ける。

：幻獣の情報発信してくれてるとこだな

：でもあそこってトップは結構良い人説あるぞ？

：九尾会関係なく、部下が勝手に暴れてる感じやね

：噂ではそのボスが幻獣だとか

：じゃあサクたんの体質活かしたら、その組織乗っ取れるな！

：→サクたんならやりかねないｗｗ

「そんな組織があるんですねぇ……。特に興味ないのでこの話はお終いにしましょう！　うなぴ、帰っておいで」

『！』

僕の言いなりだった人の額《ひたい》からうなぴが飛び出し、僕のスマホに戻ってきた。その人の頭に穴は空いてないし、特に怪我もしていないので問題ないだろう。

スマホの画面に映るうなぴに感謝を伝えると、うなぴは嬉しそうに画面内で泳ぎ回る。

「う、ぁあ……うあぁぁあああぁ！！！！」

「今度はなんだよ!!　散々話しやがってよォ！！！」

「頭の中に何かが入って……勝手に使われて……っ。お、俺はもう……幻獣とは絶対に関わりたくないっっ！！！！」

うなぴがだいぶトラウマを植えつけたようで、そのまま泣き崩れてしまった。

まぁでも、犯罪をするならそれ相応の覚悟があってやらないといけないだろうし、仕方ないことだよね。

「よしよし、ウオカゲもありがとね」

『……♪』

影から顔を出すウオカゲを撫でてあげると、嬉しそうに体を揺らす。ちなみにその感触は水に浸したワカメのような感じでひんやりしている。夏だったら抱きながら寝たくなるね。

「……あ、サイレンの音」

結構長い時間お話をしていたらしく、僕たちの元に警察が到着した。

「通報があって来ま……うわッ!?　でかくて黒いサメが！！？」

「落ち着け。これはサクたんさんが使役している幻獣だから問題ない」

：警察きちゃ！
：とりまひと安心だな～
：サクたんのこと知ってて草
：サクたんさんｗｗｗ
：警察の口からサクたんという単語が出てきてるのなんかウケるｗ
：もうすっかり有名人だな！
：今のうちに古参アピしとこ
：二人組、五体満足でよかったな^^

その後、二人組はやっとウオカゲから解放されたが、今度は手錠をされてパトカーに乗せられた。

僕も連れていかれるかと思ったのだけれど……。

警察の人からこそこそと話しかけられる。

「あの……サクたんさん、実は俺、あなたの大ファンでして……。手帳にサイン書いてくれないすか……？」

「えぇ⁉　さ、サインと言ったら有名人がするあの……⁉　書いたことないですけど任せてください！」

：は？

：は？

：あ？

：おい

：聞こえてんぞゴラ

：職　権　乱　用

：国　家　反　逆　不　可　避

：俺は貴様を許さない

：俺たちですらまだ直で会えてねェんだぞ！！！

：【悲報】　警察、仕事そっちのけでサクたんのサインをもらう

：羨ましいィイ！！！

サインは中学生の時の卒業アルバムに書いたくらいだし、考えてなんかいない。メッセージとかも何を書けばいいかわからず、思いついたものを書いてみた。

「はい、これでいいですかね」

「うぉ……！　ご協力、感謝いたします」

「いえいえ〜」

：※警察っぽいセリフを吐いていますが、彼はサインをもらって喜んでいるだけです
：せめて見せろーーッッ！！！
：売ってくださいｗ
：何を書いたか……私、気になります！
：ネットに晒《さら》されてんだからせめて見せなさい。これは命令です

「あの、リスナーさんたちが見せてほしいって怒ってますよ？」

「え？　あ、ヤベ。……ちゃんと見せるのでチクるのは勘弁してください」

警察は渋々配信用のカメラに手帳を見せる。

そこには「サクたん　今日の夜ご飯はハンバーグです!!」と書かれていた。

……メッセージってなんでもいいんだよね？

：メッセージが晩ご飯の報告ｗｗｗ
：サインもらえばサクたんの晩ご飯がわかるってこと!?!?

：もらいに行かなきゃ（使命感）
：デイリーサインもらいたいｗ
：ガチで羨ましいって
：字が可愛い

リスナーさんたちの怒りは鎮まったし、二人組は連れていかれたので、無事に事件は解決した。

第13話

——京都某所、九尾会本拠点にて。

「……下っ端がやらかしたようじゃのう。はぁ、よりにもよってサクたんとは……。儂《わし》はあの者の大ファンじゃというのに」

荘厳《そうごん》な和室に、一人居座る少女がいた。

和装に身を包む、一見普通の可愛らしい少女。

そう見えるのだが、頭の上でピコピコ動く耳と腰あたりの九つの尾が、彼女がただの少女であることを否定している。

「しかしまぁ良い。謝罪だけでなく、儂の威厳も示しに——会いに行くかのう……‼」

小さな口が三日月のような形となり、ギザギザの歯が姿を現す。

その少女は立ち上がり、窓の外に飛び出す。

そうして、一瞬にして漆黒で巨大な元の姿に変身し、咲太の元へ向かった。

＃＃＃

二人組の襲撃があった翌日、僕は普通に涼牙と登校していた。

「昨日は大丈夫だったかー？」

「うん、問題なし！　ペットたちが守ってくれたからね～」

昨日は色々ゴタゴタしてたから配信できなかったし、今日はしたいなー。実質配信していたようなものだったけど、メインはダンジョン攻略だし。

ちなみにだけれど、昨日の二人組を僕は許していない。なぜなら、ゴタゴタしてハンバーグを作る時間がなくなってしまったからだ。

……今度会ったら、絶対にピーマン料理を口に入れてやるんだから。

「ネットニュースにもなってるからなぁ。どんどん有名になってくな」

「えへへ～♪　有名になるってなんかむず痒いね！」

「昨日のは放送事故だと思うが、まぁチャンネル登録者増えてるから問題ねぇな!!　グッジョブ咲太!!」

「えっへん！」

さすがに今日はなんの変哲もない、ゆったりとした日になった。

かと思いきや、早速異変がやってきた。

一瞬空が真っ暗になると、目の前に何かが墜落してくる。

目の前に降りてきたのは――

『ふ……フフフ……ようやく会えたのう。儂は――』

「で～～っかい黒いキツネだーーっっ！！！」

『な、なんじゃっ！？！？』

ピー助と同じくらいの大きさをした、黒い毛と九つの尻尾を持つキツネだった。

いかんせんカッコいい。

なのにモフモフしていて可愛い。

カッコいいと可愛い、そしてモフモフを兼ね備えている生命体に出会ってしまった僕は、天宮城《うぐしろ》さんに憑依《ひょうい》されたかのようにモフってしまった。

『あ……ぇ……？　あ、あの……儂はじゃな……』

「このキツネさんしゃべるよ!?　賢いんだね！」

『そ、そんな……っ！　ほ、褒めても何も出ぬぞっ♡』

「なんだァ？　この状況」

数分このキツネさんを堪能していたのだが、涼牙の言葉で現実に引き戻される。

「おい咲太！　このままだと遅刻するぜ！」

「えぇ⁉　じゃ、じゃあもう行かないといけないね……。よし、キツネさん、体小さくできたりする⁉」

『は、え？　う、うむ。大型犬くらいのサイズならできるが……』

「わかった！　じゃあ一緒に学校行こう！！！」

『なっ、なんじゃと〜〜っ！？！？』

おそらく幻獣だから学校に連れていったら大騒ぎになるはず。

かと言ってここでお別れは寂しい。

けど、このくらいのサイズにまで縮んでくれたなら誤魔化《ごまか》すことができる……はず……。


そんなこんなで学校に到着したのだけれど、早速人だかりができてしまった。

「サクたんおはよー！」

「今日も動物連れて……って、なんかデカくね？」

「これ幻獣か⁉」

「いや、ただの黒いキツネかも……」

「藍堂、今日も可愛いな。結婚してくれ」

「ま〜た咲太がやらかそうとしてるか？ｗ」

「尻尾が九本もあるキツネおりゅ？」

みんなこのキツネさんをだいぶ怪しんでいたけれど、「ただの黒くて尻尾が割れてるキツネです！」と押しきって誤魔化すことに成功した。

ふっふっふ……やっぱり僕の話術は完璧かもしれない。この調子で先生も丸め込もう！


朝のホームルームの時間になり、先生が教室にやってくる。

先生は教室に入るや否や、キツネさんと僕に目を向ける。

「……咲太、そのキツネは幻獣か？」

「いえ、ただのキツネです！」

「でも尻尾とかが……」

「ちゃんとコンコン鳴きますよっ！　ねっ⁉」

『……コンコン……（儂の威厳はどこへ行ったんじゃ……）』

僕はふんすと鼻息を鳴らして胸を張る。

「……そうか。そこまで言うならわかった」

「よしっ……！」

「だがもし嘘をついていたのなら——俺がピーマン料理を振る舞ってやるからな？」

「ぴっ……！？」

「よしっ、ホームルーム始めるぞー」

先生の口から極刑が言い渡されたけれど、バレなきゃ問題ないって誰かが言ってた。

このままバレなければピーマン料理は食べずに済むし、キツネさんとも一緒にいられるから頑張ろう！

＃＃＃

「えー……〝九尾黒狐《キュウビクロギツネ》〟。人に取り憑いたり、狐火《きつねび》を操って実体を持つ幻影を作ることができる幻獣。……咲太、何か言い残すことはあるか」

「…………いえ」

放課後、僕は先生に職員室まで呼ばれた。

机には出来立てホヤホヤの先生の手料理が置かれている。

ピーマンの肉詰めが、皿の上にいた。

嘘はついてはいけないと、肝に銘《めい》じた瞬間だった。

第14話

先生からのピーマン料理という拷問（自業自得）を無事に終えた僕は、キツネさんと一緒に帰路についていた。

「うぅ……なんでハンバーグをピーマンに入れて焼くとか、人は思いついたんだろ……」

『人の子はなんでも食らうからのう』

口の中にまだあの忌々《いまいま》しい苦味が残っていて、文字通り僕は苦渋を舐めた顔をしている。

水筒に入れてきたお茶でなんとか誤魔化していたのだが、ふと隣で歩いているキツネさんについて疑問が生まれた。

「そういえばだけど、なんでキツネさんは僕の前に降りてきたの？」

『い、今さらな質問じゃな……。まぁ良い。儂がお主に会いに来たのは……いや、まずはこの姿を見せてから説明しよう。トウッ！」

「えっ⁉」

キツネさんはシュルシュルとまた縮んだかと思えば、姿を変えて人へと変化した。

僕より少し小さい身長で、和服を着ている、キツネ耳と尻尾を生やした可愛らしい女の子だった。

……どちらかと言うと、どでかいキツネさんの姿の方が個人的には好きと思ったけど、それは今は言うべきではないだろう。お口にチャックした。

「儂は幻獣でありながら、人の姿になることができる。それ故に人を束ね、九尾会という組織も作り上げられたんじゃ」

「きゅうび……？　あー、昨日の！」

「うむ、そうなんじゃ。本当に申し訳なかった」

「……じゃあ許すけど、今度ピーマン料理出されたら、代わりに食べてほしいな！」

「そ、そんなもので許してくれるのか」

僕にとってピーマンは最も怖い存在。

病気でうなされた時には毎回、ベッドの周りで踊り狂う手足の生えたピーマンたちの悪夢を見るほどだ。

お、思い出しただけでも気分が悪くなる……。

いずれにしても、これまでの騒動も一件落着かと思いきや、どうやらまだ何かがあるらしい。

「サクたんよ、今日は配信をする予定があるかのう？」

「え？　うん、昨日できなかったからダンジョン配信しようかなーって思ってたよ」

「ふむ、そうか……。わかった、単刀直入にお主にお願いをするぞ！　――儂と配信でコラボしてほしいのじゃ！！！」

「…………はぇ？」

＃　＃　＃

「……えー。ということで、皆さんこんにちは、サクたんです！」

：待ってましたーーッ!!

：急遽コラボってどういうことですか！？！？

：ってか襲撃大丈夫だったん？

：→どちらかと言うと犯人たちがやばい気がするｗｗ

：おい待て、隣のケモ耳美幼女はなんだ
：落ち着け、男の娘の可能性があるぞ。サクたんがいい例だｗ
：なんか隣にCランクのワイバーンいないっすかね？？？
：→いちいちそんなやつ気にしてたらキリないぜ？（白目）

と、いうことで、僕たち二人はダンジョンまでやって来て配信をスタートさせた。

同接数はなんと10万人を突破しており、再び震えそうになる。

とりあえず深呼吸をして、自分を落ち着かせる。

「えっと、急遽コラボという形になってダンジョンにいます！　あ、ついでですけど、ここ〝Sランクダンジョン〟らしいです」

：ア!?（声にならない驚愕）
：どういうことだよ！？！？
：ついでで話すことじゃねぇｗｗ
：見るからに上層なのにCランクの魔物いるしなぁ……
：そのCランクの魔物はすでにサクたんに懐柔《かいじゅう》されてんだよなぁｗ
：待て待て、（情報ありすぎて）なーんもわかってねぇじゃん。頼むぜサクたん！

ありふれている情報を一つずつ解消していくため、キツネさんに出てもらうことにした。

「えー、はじめましてなのじゃ。儂は九尾会のボスである伏見黒狐《ふしみくろこ》じゃ。一応Sランク探索者じゃから、こうして此処《ここ》におる」

：サクたんと同じくらい可愛いな
：Sランクダンジョンはランク探索者の同行なきゃ入れんからなぁ
：九尾会のボスってマ？
：美少女（男の娘）と美幼女（のじゃロリ）のコラボｗｗ
：の　じ　ゃ　ロ　リ　狐

九尾会のボスとして、謝罪やら今後についてを話し始めたキツネさん……もといクロコ。

聞いていていても耳に入ってこないので、前脚が羽になっているトカゲさん（ワイバーン）たち？と戯れていたところ……。

「あっ、隠し部屋みっけ！」

：後ろが気になって集中できねぇｗｗ
：キツネたんごめん、サクたんに夢中でなんも聞いてない！
：謝罪いいから始めようぜｗ

：当の本人が全く気にしてないからなぁ……
：普通は気にするべきだぞ
：ワイバーンと戯れ……楽しそう
：→俺らがやったら八つ裂き確定やぞ

なんやかんやあったが、僕たちのコラボ配信がスタートした。

：Sランクダンジョンの配信ってほぼないから助かるな
：探索者のトップランカーって配信しないからなぁ……
：ひりついた空気は皆無だなw
：→だってサクたんだし……
：現に今バナナ食ってるし（?）
：Sランクダンジョンでバナナ食う奴初めて見たww
：有言実行・伏線回収
：ところで今日は何するの?

前回の天宮城《うぐしろ》さんとの配信の反省を活かし、今回はバッチリバナナを持ってきているのでそれをもぐもぐと食べている。

　バナナを呑み込み、コメントに返答をした。

「今日は試してみたいことがあるので、僕はそれをしようかなーと思ってます！　クロコは何かしたいことあるの？」

「そうじゃな。Sランクダンジョンは幻獣がいる可能性が高いんじゃ。故に、今回したいことは幻獣を見つけることじゃな。もっしゃもっしゃ……」

　バナナは一房持ってきていたので、もちろんクロコにもお裾分《すそわ》けしている。

　それにしても、幻獣探しかー。自分から探しに行くのは初めてだからテンション上がるな～！

「此処は〝鱗竜《りんりゅう》の迷宮《ダンジョン》〟と呼ばれておるから、翼竜《ワイバーン》や竜《ドラゴン》が山程おるぞ」

「いいよね！　ゴツゴツしててカッコいいな～」

「む……。儂のモフモフの方が心地好いぞ⁉　尻尾の手入れはきちんとしておるから自信はある！　九本もあってお得じゃぞ、ほれっ‼」

「今は鱗の気分だからいーや」

「ガーン！！！」

：草
：クロコちゃん強く生きて……ングッｗｗ
：不憫枠確定だな
：仕方ないよ、サクたんだもん

あまみやch：サクたん君がしないなら私が……ハァハァ
：ふぁっ⁉
：まーた変態湧いてると思ったらあまみやちゃんでワロタｗｗ
：あまみやちゃん、通報したよ♡

何やらコメント欄の流れが速くなったと思ったら、あまみやchというアカウントが目に入った。

やっぱり天宮城さん、モフモフに目がないんだなぁ。抜け目ない。

「えへへ、あまみやさん見てますかー？　配信頑張ってます！　……あ、そうだ！　ここにいないあまみやさんのために、クロコのモフモフ具合をチェックしておきます！」

そう言って僕は、クロコの尻尾を堪能する。

「む？　何を――ひゃんっ⁉　い、いきなりはくすぐったいぞ！」

「ふむふむ……最高のモフモフ具合ですよ、あまみやさん！　わっ……手が沈みます‼」

「や、やめるのじゃ……！　皆が見ておるじゃろうに……♡」

あまみやch：アガガガガ
：あまみやちゃんの脳が破壊されたｗｗ
：あぁ～、脳破壊の音ォ～！
：唐突なＮＴＲビデオレター（？）やめてもろてｗ

：だってよぉ……あまみや、脳が……！！！

：他人の脳破壊を見ながら食う白米はうめーや

なぜかこれ以降、天宮城さんのコメントはなくなってしまったので先に進むことにした。

目の前には、前脚が羽になっているトカゲ（ワイバーン）やオオトカゲ（ドラゴン）が闊歩《かっぽ》しており、爬虫類好きにはたまらない光景が広がっている。

そうした爬虫類は僕が乗ってもへっちゃららしく、背中に乗せてもらって移動している。

：当たり前のようにワイバーンに乗るのやめてもらっていいっすかｗｗ
：竜騎士誕生してるじゃねぇか！
：→サクたんは剣振れる筋肉がないぞ
：騎士というにはあまりにも貧弱貧弱ゥ！
：その辺にしとけ。サクたんニコニコしてるのに目が笑ってないぞｗ

……うなぴに今、僕のことを、「筋肉ないもやしっ子」みたいに言ったリスナーさんたちのところに行ってもらおっかな？

やってもらおうと思えば本当にできそうな気がするので、さすがにお願いするのはやめておいた。

ゾロゾロとトカゲの大群を引き連れて歩くこと数十分、何やら不思議なものを発見した。

「クロコ、これ何？」

「む、これは〝暗黒竜《あんこくりゅう》〟の素材じゃな。雑魚《ざこ》じゃが、そこそこ骨はあるやつじゃぞ」

：は⁉
：Sランクの魔物じゃあないっすか……
：なんで落ちてんだよw
：そういやXランク探索者がここに来てたって噂があるな……
：Xランク探索者なら素材とか必要ないくらい稼げてるからなぁ
：暗黒竜を雑魚呼ばわりですかww
：クロコちゃん強いんだ。今のところ不憫な子だけど

素材っていうことは、死んじゃったってことだよね？　なら、僕が試したいことの一つ目が実行できる！

そう思い、僕は背負っていたリュックを前に持ち、中からこの子を取り出した。

「試したいことの一つ目！　この子の能力の検証です！！！」

『シュ、シュー……？』

白い毛だが、光の当たり具合で虹色に輝いて見えるこの子。足は八本あり、つぶらな瞳、頭の上

にあるツノのように尖った毛が特徴的な子は、ワタガシという名の蜘蛛《くも》だ。

僕の家で起きた不可思議な現象を暴《あば》くべく、引っ込み思案なこの子にお願いしてついてきてもらった。

：幻獣確認、ヨシ！
：どんなのか知らんが、どーせ幻獣w
：まって、ガチでやばいよそれ
：なんかクロコちゃんクソ驚いてね？
：おいおいまたやらかしかぁ？w

「ワタガシ、この素材に昔やったみたいなことできる？」

『シュー……シュゥ!!』

「ほんと!?　ワタガシはいい子だね～!!」

『シュシュー♪』

僕の胸に抱きついているワタガシは、少し考える素振りを見せると、自信ありげに脚を上げてみせる。

ワタガシはピョンッと飛び降りてその暗黒竜の素材に近づくと、お尻から黄金の糸を出し始めて素材に絡ませた。

「のう、サクたん……。お主は本当に、世界中が欲しがる幻獣すらも手に入れておるんじゃな……」

「え？　あー、まぁ確かに欲しい人は多いかもしれないね！」

瞬間、金色の蜘蛛の糸が発光しだす。

『グォオオオーーッツ！！！』

光が収まるとそこには、先ほどまではいなかった禍々《まがまが》しい漆黒の竜の姿があった。

そう、素材だったはずの暗黒竜の姿が。

「なんせワタガシは——死んだ生き物を蘇らせる力を持ってるからね！」

第15話

ワタガシの能力を見たリスナーさんたちは大盛り上がりで、コメント欄が滝のように流れている。

：幻獣〝黄泉蜘蛛《ヨミグモ》〟。死んだ生物を黄金の糸で蘇らせることが可能な蜘蛛。死んでから時間が経過していればいるほど、必要な糸の量が増える。

：ヤベェえええええ！？！？

：つまりゾンビ戦法が手軽にできるってコト！！？

：死者蘇生とかもう誰も勝てねぇよｗ
：サクたん無双伝説（本人はひ弱）幕開けだ～！

：芥川《あくたがわ》の『蜘蛛の糸』やな
：地獄どころか天国にいる人も引き摺り下ろしてそうなんですけどｗｗ

「ワタガシ眠くなった？」

『……シュー……』

「お疲れ様、ありがとね！　おやすみ〜」

どうやら糸を吐きすぎると眠気がやってくるらしく、ウトウトしだしていた。

ワタガシを呼んでリュックに入れると、すぐに眠り始めた。

なぜ、ワタガシをここに連れてきてこの検証をしたのか。

それは、昔飼っていたペットが亡くなってしまった際にワタガシが蘇らせたことがあり、ダンジョンで素材化した子も蘇るのかなと思ったからだ。

蘇った暗黒竜は何がなんだかわからないようで、キョロキョロと辺りを見渡していた。やがて僕を見つけ、顔を擦り寄せてくる。

「あはは！　くすぐったいよー。やっぱりドラゴンって人懐っこくて可愛いよね！」

「懐くのはおそらくサクたんだけじゃぞ」

「こんなに可愛いのに……。あ、じゃあオフ会みたいなの開いて、リスナーさんたちがドラゴンたちと触れ合える機会作ろっかな!!」

「死者が出る。やめるのじゃ」

：クロコちゃんの言う通りｗｗ
：やめてくださいタヒんでしまいます
：※ドラゴンは基本的に人類絶対殺すマンです
：触れ合おうもんなら腕食いちぎられるぞｗｗ
：良い子は絶対サクたんの真似しないでね！
：→する前に消し炭にされるわ……ｗ
：ブッ殺されると思ったなら、その時スデにドラゴンの行動は終わっているんだッ！
：俺たちは見てるだけでハラハラしてんのよｗ

どうやらドラゴンたちの触れ合い広場は却下らしい。いい案だと思ったんだけどなぁ。
渋々僕のチャンネルのオフ会の案は破棄し、先に進む。

＃　＃　＃

だいぶ奥まで進んできたので、強そうなトカゲやドラゴンも仲間になっており、初配信以来のレッドドラゴンにも再会できた。
そして、広々とした空間と、そこの中心にいる何かが奥に見えた。

「ふむ……そろそろボス部屋じゃな」

「じゃあ僕にも攻撃してくるのかー……」

「ここのボスは再生能力が尋常ではない、Sランクに近しいほど強いAランクの魔物――〝イモータルドラゴン〟じゃ」

『グギャァアアアアーーッッ！！！』

左右不対象で、ところどころ盛り上がった筋肉と突き出た骨があるドラゴン。この暗黒竜と同じくらいのサイズだが、動きはノロノロしている。

「日曜日の配信のように、サクたんに傷つかれたら、儂も堪忍袋の尾が切れそうになってしまうかもしれん。じゃから、儂に乗るといい』

クロコは話しながら徐々に元の大きいキツネの姿に戻っていく。

「わっ！　やったー、おっきいモフモフだー‼」

『フフフ……存分に堪能するが良いぞ』

僕はモッフモフな体に飛びつき、背中にまたがった。

：は！？！？

：えっ！！！！

：クロコちゃん幻獣だったんかい！！！！

：うぉ♡　もっふもふ♡♡

：幻獣の九尾《キュウビ》黒狐《クロギツネ》じゃねぇか‼
：つけ耳つけ尾にしてはリアルに動くなと思ってたんよｗ
あまみやch：あ゛あ゛あ゛あ゛‼　本当にやばいわ⁉　今からモフったり吸いに行っていいかしら！？！　禁断症状出てきたから！！！！
：あまみやちゃん限界化してて草
：クールビューティーの殻を破ったあまみやちゃんはね、強いよ
：キャラ崩壊いいゾ～ｗｗ

何やら怖い天宮城《うぐしろ》さんは一旦放っておき、イモータルドラゴンに目を向ける。

僕のパーティーメンバーに加わったトカゲやドラゴンたちが、目の前のイモータルドラゴンに攻撃してくれているが、全く効いている様子はない。

「クロコ、どうやったら倒せるの？」

『奴の骨のどこかに核がある。それを潰せば一瞬で片がつくのじゃがな』

「探すの面倒くさそうだね……」

いや、でも待てよ？　わざわざ探さなくても、全部なくしちゃえば問題ないんじゃないかな？

ちゃんとした姿をお披露目できてないペットも連れてきているしちょうどいい！

「クロコ、ここは僕に任せてよ！」

『何か策があるのじゃな？　わかった。儂は何事にもサクたんを優先するつもりじゃからのう』

とりあえずクロコにはボス部屋の壁に貼りついていてもらい、僕は暗黒竜を呼んだ。

「暗黒竜って呼ばれてるならさ、地面を真っ暗にすることってできたりする⁉」

『グルル……グォー！！！』

「ありがとう、任せたよ！」

暗黒竜は大きな口を開け、真っ黒なブレスを吐き始める。みるみるうちに地面は深淵《しんえん》のような暗さとなり、あの子をいつでも呼べるような状態となった。

あの時はただ拘束をしてもらっただけだし、ちゃんとカッコいいところも見せたいよね。

「食べていいよ――ウオカゲっ‼」

――ザパァアンッッ！！！

『ガァアーーッッ！！！』

暗闇から飛び出したのは、山すら呑み込んでしまうのではないかと思えるくらい巨大な顎門《あぎと》。体を包む黒炎のような影に、その隙間からギラギラ煌《きら》めく瞳。

ボスであるドラゴンは為すすべなく、文字通りウオカゲの餌食《えじき》となった。

：ウオカゲが決めたーーッ！？！？
：ゾワッとしたわｗｗ
：怖すぎですｗ
：サメ映画見てる気分だわ

：デカすぎんだろ……
：前の配信では頭だけだったからなぁ。にしてもえっぐｗｗ
：ちまちま探すのはしゃらくさいからな！
：ボスドラゴン「やってらんねー……」

「さすがウオカゲだね！　美味《おい》しかった？」

『ガウァ……』

「………ごめんね」

ドラゴンを食べ終えて再び影に潜ったウオカゲは、頭だけ出している。眉は存在しないが、垂れ下がっているように見えた。

：美味しくなかったんかいｗｗ
：まぁ見るからに不味《まず》そうだし……
：あれ、ウオカゲ可愛いぞ？ｗ
：幻獣にも好き嫌いあるんやなぁ

ま、まぁ……ボスは倒せたし、一件落着！

第16話

鱗竜の迷宮《ダンジョン》攻略の配信を始めてから一時間くらい経過した。

一応明日も学校があるので、今回はこの辺りで引き返そうとしたのだが、タイルの床ゾーンでカチッと何かが鳴る音が聞こえる。

「うーん、デジャヴだね！」

「言うとる場合かぁ!?」

クロコは再び小さな女の子の姿に戻っていた。

：まーた罠にかかってるよサクたんｗ
：サクたんは罠にかかりやすい……閃いた
：やはり束縛系か……私も同行しよう
：→俺はすでに通報したぞッ!!
：クロコちゃんの方がまだあまみやちゃんより良識あるみたいだな！
：映画について語り合ってたからなｗｗ
：つてかそんなん言ってる場合じゃねぇよ!?
あまみやch：それ〝転移トラップ〟！　どこかのボス部屋に転移させられるわよ！！？

：最悪即タヒもありうる害悪トラップ……


ズズズと地面に模様が現れ、次第に発光して僕らの体からも光の粒が現れる。

リスナーさんたち曰く、どこかの階層のボス部屋に転移させられるみたいだ。

違う場所を見られるのは楽しいけど、今日は夜ご飯をちゃんと食べたいから浅めがいいな〜。

＃　＃　＃

真っ白い光から抜け出すと同時に、とてつもない熱風を浴びた。皮膚《ひふ》が今にも発火しそうなくらい熱くなり始めている。

「ここは……まずいのう、マグマのボス部屋じゃ！」

「うわ〜、マグマとか久々に見たよ！　……今日夜ご飯、麻婆《マーボー》豆腐の気分になっちゃった……」

「お主は何を言うとるのじゃ！？！？」

：普通の人「ヤバイ目の前にマグマ、焼け死ぬ！」。サクたん「マグマ……麻婆豆腐食べたくなった！」
：ほんっっとにさぁ……ｗｗ
：どんな思考回路してんだこの子

：頭おかしい（褒め言葉）
：でもこんな近くなのになんで熱がらないの？
：たし蟹《かに》

転移させられた瞬間は一気に燃えそうになったけれど、今では何も問題がない状態に戻った。

その理由は、僕に貼りついている子たちのおかげだ。

「熱くないのはの子たちのおかげです！　えへへ、連れてきてよかった！」

『ぴー！』

『ぴいぴい♪』

『ぴ？』

『ぴっぴ……』

『ぴゃーっ！』

五匹の手のひらサイズのペンギンたち、もとい幻獣のベイブペンギン。体から冷気を放出させて、辺りの熱を和《やわ》らげているっぽい。

ちなみにこの子たちはそれぞれ、いちご、にくまん、みかん、よもぎ、ごま、という名前だ。

一匹を指で撫でると、他の子たちも「撫でろ！」と言わんばかりに指に頭突きをしてくる。可愛い。

：かわEEEEEEE！！？
：ミニサイズ（可愛い）×ペンギン（可愛い）……ヴッ！！！
：かわちいい♡
：でも幻獣なんだよなぁ……w
あまみやch：一匹……いや三匹くらい欲しい
：あまみやちゃん強欲《ごうよく》で草

クロコは僕が焼け死ぬのではないかと慌てていたが、ペンギンたちのことを見て安堵したらしく、ため息を吐く。

クロコも引火しそうな尻尾を腰から生やしてるけど、どうやら大丈夫らしい。

「しっかし、ボス部屋をこんな空間に変化させてしまうとはの〜。さすがは幻獣じゃな」

「え？　ボスじゃないの？」

「ボスはあれじゃ」

クロコが指差す先には、グツグツと音を鳴らす溶岩に沈んでいく、ボスらしきドラゴンの姿があった。親指を立てて沈んでいった気がする。

ボスは倒されても数時間でまた現れるらしいので、文字通りアイルビーバック。

「こんなマグマで暮らせる幻獣かー。どんな子なんだろう？」

『ぴーぴぃ？』

「……噂をすれば、というやつじゃな。来たぞ」

地面が揺れ始め、何かがマグマの中を移動している。それはだんだんこちらに近づいてきており、とうとう姿を現した。

「生ける厄災……蠢《うごめ》く活火山……。色々と二つ名がある天災の幻獣――〝赫岩龍《カクガンリュウ》〟じゃ」

『グァア……！！！』

「おぉぉ〜〜っ！！！」

赤黒い岩のようにゴツゴツとした鱗を持ち、その鱗と鱗の隙間が赤く煌めいている龍だ。ドラゴンとは違い、翼も生えていないし細長い見た目をしている。けど、全長はとてつもなく長いのだろう。

：龍キター！♪――○（≧▽≦）○――♪

：可愛いペンギンからカッコよすぎる龍出てきて風邪引いたわw

：→そこにマグマがあるじゃろ、頭まで浸かって温まりなさい

：デデンデンデデン！（某BGM）

あまみやch：火山の噴火を操作したり、口からマグマのビームを出せるヤバイ幻獣よ……

：サクたんの戦力がまた上がったよ、ヤッタネ！

：これでアンチ全員溶かせられるなw

：厄災を束ねる現代の異端者（男の娘高校生）

ドラゴンはカッコいい。龍ももちろんカッコいい。しかもこの子はもう懐いてくれているみたいだし、幻獣だからダンジョン外に出れる。

「どうやってお家に連れて帰ろうかなぁー！」

今僕の頭の中では、この子をどう連れて帰るかということしか考えていなかった。

第17話

「うーん……君、大きすぎるよねぇ」

『グルァ……』

この太さだけでも大樹のようだし、遥か遠くのマグマからも龍の胴が見え隠れしているから相当長いだろう。

家に連れて帰るにしても、体からずっと放熱しているなら迷惑になっちゃう気がするし……。

：連れて帰るつもりなの……？

：近隣住民をそいつで威嚇しようぜ！

：歩　く　災　害

：辺り一帯が焼け野原になんぞｗｗ

：テイクアウトは受け付けておりません
：今回ばかりは諦めなさいw
：クロコちゃんもペンギンズがおかしいだけで、近づいたら燃えるからな？

リスナーさんたちも若干諦めムードだけれど、ここは譲れない……！　だってカッコいいんだもん!!

何か策はないかと唸っていると、クロコが隣で息を吐いてこんなことを言ってきた。

「サクたんよ、連れて帰る方法ならあるぞ」

「え、本当！！？」

「うむ、利き手を儂に差し出すがいい」

「はいっ！」

言われた通り右手を差し出すと、クロコは懐から黄金に輝く鍵を取り出して、それを僕の右手の甲に押しつける。

するとみるみる輝きを増し、鍵は拳に吸い込まれ、そこを中心として右腕にも輝く模様が現れた。

「今お主は〝鍵の主〟となり、〝扉《ゲート》〟を使用できるようになったのじゃ」

「よくわかんないけどカッコいいね！」

「それは儂が宝箱から見つけたもので、好きな場所で、信頼関係が築けている魔物や幻獣を呼び出すことができるものじゃ」

それからクロコはその鍵の使い方を説明してくれた。

「へー。……あ、模様なくなった」

：サクたんにピッタリすぎて草ァ‼
：相性が良すぎやしないかw
あまみやch：じゃあ今度は大きいモフを要求するわ
：いつでもどこでも、馬鹿でかいやべー幻獣を呼び出せられるようになっちまったｗｗ
：鬼に金棒だな！
：サクたんはもう、誰にも止められねェ！！！ｗ
：ど こ で も 幻 獣 ド ア
：なるほど、クロコちゃんは不憫枠兼、猫型ロボット枠だったたってか

確かにその能力が本当なら、家でこの子を呼び出せば簡単にお引っ越しが可能になる。

しかも、大きすぎるペットとかもわざわざ外に連れ出さずとも、ダンジョンに呼べば活躍させることができる！

と、意気揚々としていると、このボス部屋の外からものすごい量の足音が聞こえてきた。またまたデジャヴを感じたが、それの正体は……。

「ま、魔物が一気に押し寄せてきておるぞ⁉」

「あー、みんな僕の家に来たいのかな？」

：お持ち帰りされたい勢だ！

：っぱイかれてるよサクたんｗｗ

：そりゃまあ、合法的に家凸できるんだからなぁ……

：モテる奴は大変だなぁ（しみじみ）

：魔物が迫りくる恐怖映像ｗ

けど、さすがにみんなは連れて帰れないよねぇ……。

来てもらって悪いけれど、みんなには引き返してもらった。みんな落ち込んだ様子でトボトボと歩いていった……。

「ありがとうクロコ。これ大事にするね！」

「ふふふ……うむ！　儂もサクたんの助けになれて嬉しい限りじゃ。……一応儂も幻獣故に、いつでも呼び出して――」

「じゃあ早速帰って迎え入れよー！」

『グォオオオオ！』

「…………」

：無視されてる。クロコたん、サクたんはこういう子だからねｗ
：やっぱり不憫枠じゃねぇか！
：泣けばいいと思うよ（笑）
：まぁ誰か一匹だけ優遇しちゃったらまずいからね
：っていうかだけど、家でこんなデケェ龍飼えんのかよ？ｗｗ
：→そういえばそうじゃん
：家が焼けるどころか溶けるぞｗ

僕はコメントに答える。
「あぁ、大丈夫ですよ？　僕の家には火山部屋があるので」

：？？？？
：ほわっつ？
：チクショウ、埒《らち》が明かんなｗｗ
：俺、国語の成績5だけど訳わっかんねぇｗ
：部屋に火山があるということは、火山が部屋にあるということなんですよ（）
：→ほう、つまり何が言いたい？
：ボルケーノ・イン・ザ・ルーム

∵全部一緒じゃねぇか！！！

そういえばダンジョンが家と同化していることは天宮城さんにしか言っていなかった。面倒だし今は龍のことで頭がいっぱいなので、またの機会に説明するとしよう。

色々と急展開な配信になったけれど、まさか龍もお持ち帰りすることができるようになるとは思わなかったなぁ。

そして、時間も時間なので今日はここで配信を終了することになった。

＃＃＃

——自宅の一室にて。

「ふっふっふ……じゃあ早速呼び出してみよっかな！」

ダンジョンと同化した僕の家の中には、海や草原、氷の大地などが広がっている。なので、たくさん生き物が飼うことができるわけだ。

そんな家の一室である火山部屋にて、さっきの龍を呼び出すことにした。

「えーっと、『呼び出したい子の顔を思い浮かべて右手に力を込める』……？　ふんぬ〜っ!!」

すると右腕がさっきのように輝き出し、手に赫灼《かくしゃく》する一つの鍵が現れる。

「これを空中で差し込んでひねるんだっけ？」

――ガチャッ。ギィ……。

ひねると同時に光の輪郭の扉が現れ、徐々に扉が開いてそこからさっきの龍が現れた。

「おぉ～～！　僕の家にようこそ!!」

『グルルァア！』

こうして、僕の家に巨大なマグマの龍がやってきたのであった。

第18話

――キーンコーンカーンコーン。

「うへぇ……やっと終わった……」

クロコと一緒に龍を捕まえた配信の翌日、僕は授業で疲れ果て、机に突っ伏していた。いかんせん今日は、長かったし疲れた。

帰ったらすぐにご飯を作らないとなー。

「咲太ー、帰ろうぜー！」

「わかったー」

涼牙に呼ばれ、リュックを背負って下校を始める。

「今日は配信すんのか？」

「うーん……。今日の夜こそは自炊しないといけないからナシかなぁ……」

「そうか。……あ、だったらよ、ダンジョン配信しながらご飯作ったらいいんじゃね！？」

「え？」

涼牙によると、食材をドロップする魔物しかいないEランクダンジョンが近くにあるらしい。しかも、包丁やらまな板などの調理道具は貸し出してくれるんだとか。

確かにそれだったらダンジョン配信になるし、夜ご飯も作れて一石二鳥だから早速やってみようかなぁ。

＃　＃　＃

そう思った僕は帰宅後、配信用カメラを持って涼牙に言われたダンジョンまで向かった。

ダンジョンの中は至って平凡な洞窟のようで、特に変わったものはない。

「よし、じゃあもう始めよ！」

ボタンを押し、早速配信をスタートさせた。

「こんばんは、今日は一人です！　晩ご飯作りまーす」

：圧倒的情報不足
：急展開すぎるなおいｗｗ
：こんばんサクたん！

：もう夜みたいなもんだしな
：サクたんの手料理……だと……⁉
：ジュルリ
：食料庫の迷宮《ダンジョン》か。テンション上がるな〜

ここのダンジョンを管理している人が調理器具を貸し出してくれたので、手ぶらで来ても問題なかった。

ダンジョン内にいる魔物を倒し、ドロップした素材で調理していく感じだ。

「今日作るのは野菜炒めとかでいいかなー」

：いいね
：待ちきれねぇよ！
：あれ？　でもそれって……
：サクたんの天敵いるくね？w
：サクたん大ピンチで草

何やらコメント欄がざわついている気がするが、一旦必要な食材を頭の中で整理し始める。
まず、メインは豚肉。野菜はキャベツ、にんじん、もやし、玉ねぎかな。あとはお米くらい。

……緑の悪魔は入れるつもりない。

「じゃあ早速、食材集めをして——……って、なんかもう集まってますね」

奥に進んで食材を探そうと思っていたのだが、もうすでに魔物たちが集まっていた。

馬の形をしたにんじんや、尺取《しゃくと》り虫のように動くもやし。他にも、動物の姿を模した野菜や肉がやってきている。

：食材ダンジョンって何回見てもカオスよなw
：野菜が動き回ってるもん
：しかもサクたんはもうすでに懐かれてるから、余計にカオスw
：あれ、なんか変なやついね？
：にんじんだけど人間みたいな手足と羽生えてて草
：どっかで見たことある気が……

食材はすでに揃ってしまったし、早速料理を始めようとしたのだが、おかしな光景が目の前に広がっていた。

「あはは！　すごい！　食材が料理してるよ！！？」

いつの間にか包丁やらまな板が魔物たちの手に渡っており、手先が器用な魔物が包丁を手に取り、他の食材たちはまな板の上で寝転がっていた。

食材が、自分たちで料理を始めてしまっていたのだ。

：なｗ　にｗ　こｗ　れｗ
：好かれまくったらこういうことになんのか……
：食材が料理してるゥ！？！？ｗｗ
：あの時の推し活ミミックと同じだなｗ
：身を削ってでも推しに貢《みつ》ぐ。まるで俺たちだな
：→身を削る（物理）で草
：まな板の上の野菜魔物、幸せそうな顔してらァ
：顔ないんですが

僕が出る間もないまま料理は進んでいく。

いい調子だなぁと思ったその時だった。

『――ピマピィマ？』

「…………あ」

：あ
：あ

：あｗ
：出会ってしまったかｗｗ
：天敵襲来ｗ
：盛り上がってきましたわ〜！
：緑の悪魔、降☆臨！！！

　少し歪《いびつ》な楕円形に緑々しい肌……。そこに手足が生えた魔物は見てわかる通り、ピーマンの魔物だ。
　みんな楽しく料理をしているからニコニコしていたが、僕は一瞬で無表情になって、冷酷な視線をピーマンに送った。

：塵芥《ちりあくた》を見るような目、助かるね
：スクショタイムだ！
：ガチで嫌いなんだなｗｗ
：こんな顔初めて見たぞ
：サ、サクたん……うッ！
：→失《う》せろ（ドンッ！）
：ピーマン、よくサクたんの前に来れたなぁオイ？

：絶対に振り向いてもらえないピーマソ君、哀れで笑える

僕が今日食べる野菜炒めに、ピーマンという具材が入ることは許されない。

ピーマンに指を差し、僕は周りにいる魔物たちにそう言い放つ。

「みんな……やって」

するとみんな勢いよく走り出し、ピーマンの魔物に向かって一直線。

ピーマンの魔物は数の暴力で圧倒され、ただの野菜になって地面に落ちた。

：サクたんアンチへの動画提供です
：サクたんの悪口言ったらこうなんで～ｗ
：怖すぎｗｗｗ
：そのうち〝サクたんのピーマン嫌い集〟の切り抜き作れそう
：ピーマン、ご臨《りん》終《じゅう》でございやしたｗ

とりあえず危機《ピーマン》の排除に成功した。

食材たちが食材たちを切ってくれたので、あとは炒めている野菜に味付けをするだけだ。

地面からチンアナゴのように生えてきた稲もきちんと処理し、白米を炊いているのでご飯は完成寸前。

……だったのだが。

『――ピィマァン……？』

「ひぃっ！！？」

突如耳元で囁かれ、ゾワゾワッと身震いした。

後ろを振り向くと、そこには忌々しい姿をした魔物が立っていた。

：またピーマン来たーーー！ｗｗ
：いや、でもなんか違くね!?
：美しいシックスパックだ……♡
：気持ち悪いｗｗ
：『ピィマァン』↑ねっとりイケボで草
：声優並みにいい声でムカつくｗ
：おっ、ピーマンの逆襲か？

緑の悪魔……もといピーマンの魔物が再び現れた。

しかしこの個体は今までやってきた個体とは全く違い、ミノタウロス並みにムッキムキの肉体……もとい野菜体（？）をしている。

上位個体とかなのだろうか……。

「み、みんな！　このムキムキピーマンやっつけて！」

『『…………』』

「み、みんな……？」

なぜか、今までピーマンの魔物を退治してくれていた野菜の魔物たちはたじろいでいたり、やれやれと首を横に振ったりしていた。

：なんで攻撃しねぇんだ？

：もしや強すぎるのでは……？ｗ

：強キモいを体現したピーマンなのか（何言ってるんだ俺）

：しかもボスじゃないから敵意はなさそうよな

：サクたん、年貢《ねんぐ》の納め時だｗｗ

：好き嫌いはダメよ？

と、謎に包まれたピーマンの魔物と対峙していたその時。

魔物の一匹が、素材になっていたピーマンの一つを小さく切り、炒めている最中のフライパンに投入してしまった。

一瞬の出来事すぎて阻止することは不可能だった。

「あーーっっ！！！　な、何してるの！！？」

『ピマピマ……』

「『栄養取りなさい』って……。うぅ、せっかくの野菜炒めが……。でも自分で作ったから食べないと……」

：偉い
：食材は大事やからね
：好感持てる
：待て、なんでピーマン語（？）理解してんねんｗｗ
：→だってサクたんだから
：便利だなそれｗ

幸いにもピーマンは一つしか入っていない。

だが、完成した野菜炒めには、鮮やかな緑色が混入していた。


その後、借りた机に料理を置き、椅子に座って早速食べようとする。

隣でムキムキピーマンが僕のことを監視している。

「た、食べるよ……食べるから……」

『マ？』

「う、うん。本当だよ……」

幻獣を呼び出してムキムキピーマンをやっつけてもらうこともできるのだが、もう料理にピーマンが入ってしまったし遅い。

仕方なく隣のピーマンを無視して料理を食べ進める。

：しっかりピーマン避けてて草
：食べなさい。これは命令です
：がんばえ～
：もう助からないゾ♡
：ピーマンでこんな盛り上がる配信者見たことねぇぞｗｗ
：【¥50000】これで食べてくりゃえ

「――ん？　この赤いコメントって……」

突如、赤いコメントが僕の目に入った。

確か配信中にリスナーさんたちがお金を渡せるスパチャとかいうやつだったっけ？　そういえば銀行の口座やらなんやらを設定してたなぁ……。

「え、あ、ありがとうございます……!?」

：【¥50000】ホントだ解禁されてる！！！
：【¥50000】うひょ〜！　やっと貢げるぜ‼
：【¥50000】ミミック……野菜たち……お前たちと同じ土俵に行くぜ☆
：【¥10000】会社のPCからですがどうぞ
：【¥30000】これでピーマン食べてね？ｗ
：【¥25000】サクたんファイティーン
：【¥50000】ピーマンごときで金払う奴いるゥ⁉　ここにいるんだよなァ‼
：【¥10000】コメ欄真っ赤で草ｗｗ
：【¥30000】もっとスパチャで殴るぞ〜！

目の前には真っ赤な滝が現れ、一瞬思考が停止する。だが止まらないスパチャで現実に引き戻され、事の重大さでさらにパニックになった。

「あばばばばばは！？！？」

：【¥15000】サクたんが、ピーマンを食べるまで、（スパチャで）殴るのをやめないッ！！！
：【¥50000】ピーマン代（？）
：【¥30000】ＳＮＳでもピーマンと赤スパトレンド入りしてるよーｗｗ
：【¥20000】ピーマンで稼ぐ男の娘

：【¥50000】ここがピーマンで生計立ててる配信のとこですか？
：【¥12000】色々終わってるｗｗｗ
：【¥40000】祭に立ち会えてよかった

ど、どうしよう……全く止まる気配がない……！　このままだとなんかものすごく申し訳なくなってくるし……。や、やっぱり食べるしかない……！

ゴクリと唾を呑み込み、箸でピーマンを掴み、片手で鼻をつまみ、口に放り込んだ。

「う……うぅー……！　ご、ご馳走さまでした……。でも、スーパーのピーマンよりは美味しかったです……」

『ピピマピマ！』

「ピーマンの匂いつくから撫でないでぇ……」

：【¥500000】88888
：【¥200000】頑張ったねぇサクたん！
：【¥35000】感動したぞ（笑）
：【¥10000】スパチャえぐぅーｗｗ
：【¥24000】おめでとう赤スパ！
あまみやch：【¥50000】私も乗っておくわ

:【¥31000】今回幻獣出なかったけど満足っすw

こうしてピーマンを無事に食べ終え、リスナーさんたちに感謝を伝えて配信を終了させた。

今回の配信でのスパチャ合計額はなんと1000万円を余裕で超えており、失神しかけて床にダイブしたのは黙っておこう。

第19話

ダンジョンでの料理配信を無事……ではなく、ピーマンを食べさせられたが、まぁ何事もなく終えた二日後。

まだ日が登ってからあまり経っていない時間帯に、僕と涼牙、そして天宮城《うぐしろ》さんは、新幹線に乗っていた。

「……あの、なんで私も同行することになったのかしら?」

「え? だって天宮城さんもついてきたそうだったし……。あと幻獣の解説役?」

「旅は道連れ世は情けだぜ! 行くぞ東京ッ!!!」

なぜこうなったのかというと、経緯は知らないけど、どういうわけか涼牙が東京のダンジョンの調査を任されたらしいので、僕も一緒に連れていってもらえることになったのだ。

天宮城さんは昨日僕の家にモフりにやってきたところ、仲間になりたそうな目をしていた(ような気がした）ので、一緒に行こうと誘って連れてきた。

ちなみに僕たちは中部地方住まいなので、東京に行くために新幹線に乗っているというわけである。

幸いにも今日は祝日だし、明日は休日なので遠出しても問題がない。

「まぁ、ワタガシちゃんを吸えたことは何より大きいわね。スゥーー……」

『シュ、シュゥ……』

「また僕のペット吸ってる……」

リュックに入れて連れてきたワタガシが出てきてしまい、天宮城さんに捕まって今は吸われていた。

気を取り直し、今回行くダンジョンの詳細を涼牙から聞くことにした。

「東京都墨田区にある、東京スカイツリーと同化したSランクダンジョンだ。〝星屑《ほしくず》の迷宮《ダンジョン》〟……通称〝スカイツリーダンジョン〟だぜ！」

「一般の探索者は立ち入り禁止されてるダンジョンじゃないの……。そこを任されるなんて、さすがは咲太君の友達ね」

「まぁな！！！」

涼牙がそれほどなのかはさておき。

東京スカイツリー。昔は観光客で賑わっていたらしいけど、今ではダンジョンと同化して超高難易度となり立ち入り禁止。

一回でいいから登ってみたかったし、涼牙には感謝しないとな～！

「あ、富士山富士山！　涼牙見てよ！」

「おう。十分見えてるから窓に俺の顔面を押しつけるのやめてくれ」

「これからSランクダンジョンに行くというのに、相変わらず気ままね」

＃　＃　＃

そんなこんなで目的地に到着した僕は、持ってきたカメラで配信をスタートさせた。

「皆さんこんにちは！　祝日なので今日は東京スカイツリーにいます!!」

：東京にプチ旅行か～。……ん？　スカイツリー……？
：立ち入り禁止ダンジョンのはずでは？ｗ
：まーた伝説作ろうとしてるなｗｗ
：Sランクダンジョンだけどそれ以上の危険度がある場所やぞ！！？
：まぁサクたんならなんとかするでしょ……
：→だってサクたんだし定期
：サク民洗脳済みで草
：毎回リスナーの予想を超えてくるんだよほんとｗｗ

同接数はなんと17万人超えだ。祝日なので家でゆっくりしている人が多いのかもしれない。

少したじろいだが、一旦二人に挨拶をしてもらっている間に自分を落ち着かせた。

「えー……。なんだかサクたん君のチャンネルのレギュラー枠になりそうなあまみやよ。久しぶりね」

：あまみやちゃん来たー！
：あまみやちゃん満更でもなさそうなんだが？ｗ
：サクたんについてけば一生モフモフできるしな
：二人とも可愛いから許すぜ！
：ガチ恋勢ももう手が届かぬとこにいるなｗ
：まぁあまみやちゃんは所属してない個人勢だし、コラボは自由よな
：ワタガシちゃん早速捕まっててワロタｗｗ
：見ろあの目。おそらくすでに吸われ済みだ

相変わらず天宮城さんは人気が高く、コメント欄の流れが速くなる。

そして涼牙はというと……。

「俺はサクタ……サクたんの幼馴染のリョーガだ！　探索者だぜ‼」

：……だれ？
：幼馴染だってよ
：おっ、そうか
：回れ右して歩きな。そっちが出口だぜ
：はいお疲れ。解散解散
：幼馴染君にだけ当たり強くて草なんだがｗｗ
：サクたんの配信、不慣枠の人多くねぇか？ｗ

どうやらリスナーさんたちは、涼牙はあまり……という感じらしい。リスナーさんたちの態度が先ほどとは明らかに違うのがわかる。

「おいサクたん！　お前のリスナー酷いぞ！！？」

「みんなー？　リョーガをいじめたらダメだよ？」

：はーい！
：わかったよ～ん
：サクたんが言うならまぁ……
：仕方ないねぇ！

：するわけないじゃんね^^
：いい幼馴染を持ったな、リョーガとやら
：みんな手のひらクルックルやないかいｗｗ
：見ていて清々《すがすが》しいほどの手のひらドリル

調子のいいコメント欄に、涼牙がぴしゃりと言う。

「俺が言わずともコイツがきっちり言うから覚悟しとけよテメーら！」

：調子に乗るんじゃあない
：頭《ず》が高いな？
：分を弁《わきま》えなさい
：虎の威を借《か》るキツネするな
：→しかもキツネ枠はクロコたんで間に合ってるしな
：お黙り〜〜！

「サクえも〜〜ん！　リスナーどもが意地悪してくんだけど〜〜！！？」

と、打って変わって泣きつく涼牙。

「あはは！　そうだね、リョーガなんか悪いことでもした〜？」

「してねぇよ！！！　何笑ってんだ！！？」

「……本当にこれでダンジョン攻略大丈夫なのかしら……」

ドタバタしているが、東京スカイツリーでのダンジョン配信がスタートした。

＃　＃　＃

「そう言えばだけどよ～、あまみやさんとコラボってことだけど、色々大丈夫なのか？　男の娘じゃねぇ男《おれ》とコラボとか、リスナー嫌がりそうだが」

「リョーガは許嫁《いいなづけ》いるんだし大丈夫じゃない？」

「いや、それあっちが勝手に言ってるだけだし……」

何気なく涼牙の質問に答えたのだが、どうやらこれもリスナーさんたちの気に障《さわ》ってしまったらしく……。

：は？　許婚？
：はぃ～～？？？
：オイオイオイオイ
：こんの裏切りもんがァァァ！！！
：しかも「勝手に言ってるだけ」だとぉ？

：リョーガアンチになりますｗ
：裏山案件なんだが
：その許嫁をよこせ。さもなくばサクたんにピーマンを食わすぞ
：→多分今うなぴ君が向かったぞｗｗ

勢いが増すコメント欄と真っ向から否定する涼牙を眺めていると、ダンジョンの奥から何やら大きな足音が近づいてきた。

目を向けると、僕めがけて赤いトカゲ……ではなく、レッドドラゴンがやってきていた。

『グォオ〜〜♪』

「ま、またドラゴン引き寄せてるわよサクたん君。相変わらずモテモテね」

「えへへ〜」

「あ〜？　今取り込み中だから引っ込んで……ろッ‼」

涼牙は地面の小石を拾い上げ、ドラゴンめがけて放り投げる。すると……。


――ヒュッ……パァンッッ！！！！

：は
：歯？

：……？？？

：え

：リョーガ君何した……？

：やばすぎないかｗｗ

：ドラゴンの頭爆発したんだが！！？

投げた小石にぶつかったドラゴンの頭が針を刺した風船のように弾け散り、地面にひれ伏して素材と化した。

僕はパチパチと拍手を送ったが、天宮城さんは口をあんぐりと開けて驚きを隠せていない。

「な……ど、どういうこと……？」

「さすがリョーガだね！　でもすごいのかすごくないのかわかんないや」

「はっはっは！　お前は常識ねぇからな！」

：待て待て待て待て！ｗ

：【速報】小石でドラゴンを討伐する探索者現る

：サクたんの周りやベーやつしかいねぇｗｗ

：バケモノすぎんだろｗ

：し、ＣＧかなぁ～？（現実逃避）

：サクたんとは違うベクトルのやばい奴が隠れてたもんだなｗ
：お前ランクなんなんだよ⁉

コメント欄で尋ねられた涼牙が答える。

「あ？　ランクぅ？　Xランクだが？」

「へー、そうだったんだ。それすごいの？」

「すごいも何も……っ！　世界で五人しかいないランクなのよ！？！？」

涼牙ってすごかったんだ。配信はしてなくてもダンジョン探索はしていて、そういえば授業中にも派遣のお仕事とか入ってきてて、相当頼られてるなぁとは思ってたけど……。

：ランクXって確か「一夜で国滅亡させられる力の持ち主」って説明あった気が……
：さ、さすがに冗談やろ？
：でもドラゴン瞬殺でSランクは確定ｗｗ
：やばい人はやばい人に引き寄せられるッ
：引力定期
：さっき調子乗ってすんませんでしたｗ
：ピーマン食べるから許して

「はーっはっは！　見ろよサクたん、あまみやさん！　あれだけボロクソ言ってたリスナーどもが萎縮してら～！　気分いいしこのまま俺の自慢話を――」

「そーゆーのいらないから早く行こうよー」

「私も同意見ね。早く新しい幻獣が見たいわ」

「…………うす」

：ｗｗｗｗ
：草
：ザマァ見やがれですわ
：Ｘランク探索者の扱いじゃねぇｗｗ
：サクたんのマイペース攻撃　こうかはばつぐんだ！
：やっぱ不憫枠じゃねぇかｗ

早速ダンジョン攻略を進めていくことになったのだが、ここは涼牙に従って行動した方がよさそうだ。

多分慣れてるだろうし、涼牙の攻略法を見ることにしよう。

「えっとだな。この星屑の迷宮《ダンジョン》は特殊で、上に上がっていくダンジョンだ。けど五十階層くらいまで普通のダンジョンと同じ魔物しか出なくてつまんねぇから……ほいっ」

ピョンッと飛び上がって軽く拳を振るう。

――ドガァァアンッッ！！！

天井が破壊されて上の階が露わになった。

「このように天井を破壊してショートカットするんだぜ。テメーらも真似してくれよな！」

「魔物に道は聞かないんだ……」

涼牙に続いて僕が呟くと、天宮城さんが言う。

「当たり前でしょ？　……ダンジョンの天井ぶち抜くのも当たり前じゃないわよ！！！」

：ファーーｗｗｗ
：※真似できません
：ベヒーモスと同じくらいの力ってことやんｗ
：ダンジョンの壁とか床って破壊できんの⁉
：せいぜい少し削るくらいしか普通は壊れないんだよなぁ……
：もしかしてリョーガ幻獣？ｗ
：→ありえーるｗｗ

コメントで指摘されたことを、涼牙に尋ねる。

「涼牙って幻獣なの？」

「違うに決まってんだろ……」

「違うならなんなのよあなた……。バケモノすぎでしょ……」

その後、次々と天井を破壊しまくる涼牙におんぶしてもらい、続いてどんどん上に上がっていく。

天宮城さんも空中に浮く魔法を使ってついてきていた。

前の配信では僕の幻獣《ペット》とか新しい子が発見できてないし、そろそろ紹介しようかな。

第20話

星屑の迷宮《ダンジョン》の攻略を進めて数分が経過した頃、ずんずんと上に上がり続けていた涼牙の足がピタリと止まった。

「さ〜て、こっからがこのダンジョンの醍醐味《だいごみ》だぜ！　満天の星空だ!!」

「「おぉーー!!」」

閉鎖的な空間続きだったが、一瞬にして頭上が開放的になった。無数の星や天の川、ガラスを滴る雨粒のように頻繁に流れ星が流れている。

ものすごい綺麗な星空だなぁ……。

「こっからは天井ぶち抜きができなくて、空間のどっかにある転移床を探さにゃならん」

「見るからにだだっ広いし、大変そうね……」

「流れ星落ちてきた！！」

空から次々と流れ星が落ちてくるが、僕に直撃することなく地面に突き刺さっている。

涼牙は手でパシッとはたき落とし、天宮城さんは半透明なバリアを張って塞いでいた。

落ちてきた小さな星型のものを拾い上げてみたが、どうやらこれも魔物らしい。


『STAR……』

『We are STARs……』

『Supernova……』

『Fatality……』

『I love you……』

『Explosion……』


「なんかしゃべってる!」

落ちてきた流れ星の正体はヒトデらしく、裏側の口から何かをブツブツと唱えている。

「それは〝超新星ヒトデ〟ね。本来なら数メートル圏内に生命体が近づいた途端大爆発するんだけど……まぁサクたんのおかげね」

「こいつらの爆発で服がなくなるから厄介なんだよなぁ～」


：魔物しゃべんの⁉

：一匹サクたんに告ってて草
：囁きボイスやめてもろてｗｗ
：ヒトデのＡＳＭＲ……ガタッ
：→おい待て、何するつもりだテメェ
：確かこのヒトデ、手榴弾以上の爆発力あったはずだぞｗｗ
：生　物　兵　器
：サクたんのニューウェポン・ヒトデ（自爆技）
：その大爆発を服だけで済ますリョーガも大概やｗ
：サクたん＆リョーガだから定期

僕たちが歩き始めると、地面に突き刺さっていたヒトデたちが、僕たちに転がってついてきていた。

再び歩き続けて数分経つと、ようやく上の階に転移するための石の床が見つかる。

「あれが移動するやつ？」

「そうだ！　けどなぁ、近づこうとすると問答無用で空から小さい隕石降ってくっから痛《いて》ェんだよ」

「痛いで済むのはあなたくらいだけだと思うわよ」

：普通当たればタヒにますｗ
：Ｘランクは黙っとれ……
：どうやって行くんだ？
：運動神経ないサクたんが避けながら行けるとは思えんｗ
：この流れはアレだな
：幻獣の出番でしょーが！

「ふっふっふ……リスナーさんたちも察しがよくなってきましたね！　ハナちゃん、起きてる？」

『……？』

僕は大きめな胸ポケットをポンポンと叩くと、その子がヒョコッと顔を出し、ノソノソと肩の上に移動をした。

淡いピンク色の体色に黒い大きな目をしており、体には二輪の桜の花、そして太い尻尾が特徴のトカゲだ。

：かわッッ！？！？
：お目々ぱっちりやんけ
：こんな可愛いトカゲいたんだ
：これトカゲモドキじゃね？

：ヤモリだけどトカゲの特徴持ってるやつか
：みんな落ち着け。いくら可愛くてもこの子幻獣ぞ？ｗ
：さーてどんなとんでも能力かな
：顎のストックはあるから存分に外すぜ！

「まだとんでもない幻獣を隠し持っていたのね……。……可愛い……♡」

「よくわかんねぇけどすごいんだな！」

「ハナちゃん、十五秒いける？」

『！』

「よしよし、偉いね」

『♪』

ハナちゃんにとあることをしてもらった。

そしてそのあと、僕はスタスタと石板に向かって歩き始める。

しかし隕石は降らない。しかも、涼牙も天宮城さんも、リスナーさんたちからも何も返事がなく……十五秒が経過した。

「おっ？　いつの間にかそっち行ったんだぁサクたーん！」

「なるほど。止めたのね」

「えへへ、ピース！！！」

：ん？
：え？
：ドユコトですの⁉w
：一瞬で移動してんだが？
：空間転移……？
：ちょい地味かw
：あまみやちゃん説明プリーズ！

涼牙は隕石を全部砕き、天宮城さんは瞬間移動してこちらにやってきた。そして、天宮城さんの説明が始まった。

「この子は幻獣――〝サクラジトカゲモドキ〟。主食は桜の花びらで、数秒間だけど時を止めて移動できたり、過去に戻ったり、未来へ行ったりできる。そして、触れていたら一緒に時間逆行や止まった時の中で行動できるのよ」

：わァ……ァ……（顎が外れた声）
：はいはい、ぶっ壊れですw
：やべeeeeee！！！

：某奇妙な冒険のラスボスたちを集約させたのがこのトカゲですかｗｗ
：ラ　ス　ボ　ス　系　爬　虫　類
：サクたん……逆に君は何を持ちえないのだ!!
：時よ止まれい！　したってわけか
：地味って言ったリスナー出てこいよｗｗ

スリスリと目を閉じて頬にすり寄ってくるハナちゃんだが、パンパンだった尻尾がほんの少し細くなっている。

「この幻獣は尻尾に栄養を蓄えて、それを使って能力を使ってるの。だから少し細くなってるのね」

「栄養ありゃ止め放題じゃねぇか！　最高だな……。ふっ」

ハナちゃんの能力を使って、涼牙は変なことを考えていたっぽい。

「リョーガ、気持ち悪い」

『Go away……』

『H……』

：リョーガ逮捕
：鼻の下伸び～～んｗｗ

：ハナちゃんで悪いことしようとすんなァ！
：サクたんの罵倒助かる
：変態発言したのにサクたんとヒトデからのご褒美て……やってらんねェよ！
：ヒトデからの罵倒ボイス……需要ある？

僕だけでなくヒトデやコメント欄からも涼牙は罵倒されていたが、気にすることなくジッとハナちゃんを見つめている。

涼牙への好感度が少し下がった瞬間だった。

＃　＃　＃

星《ヒトデ》が降るダンジョンを三人で進み続け、着実に上に上がっているのだけれど、あまり実感が湧かない。

しゃべるヒトデたちを引き連れながらダンジョンを進むこと数分、今までとはどこか雰囲気が違う階層に転移した。

：おっ、ボス部屋か？
：ぽいな

：Sランクダンジョンやしさすがに大変そうだな
：→それはどうかな⁉w
：だって……ねぇ？ww

上を見上げると、そこには足元にいる子たちとは比べ物にならないほどのヒトデが浮いていた。

「あまみやさん、あれは？」

「〝超新星大ヒトデ〟よ。巨大化した個体で、普通の超新星ヒトデを放出して雨みたいに降らす厄介な個体……って聞いたことがあるわ」

「空から降りねぇから面倒なんだよな〜。腰入れて拳放たなきゃいけねぇ……しッ！！！」

『Ah――』

――ドガァァァアンッッ！！！

瞬間、空に浮かぶ巨大なヒトデのど真ん中に風穴が開き、大爆発した。

隣を見てみると、涼牙が腰を低くして拳を空に突き上げている。どうやら思いきり空に向かって拳を放ち、衝撃だけでヒトデを討伐したみたいだ。

：ファーーwww
：知ってた
：ワンパンで草ァ！

：一人だけ漫画の世界から来てるｗ
：地面にクレーターできてんすけど……
：馬鹿力（星を落とすほどの）
：ヒトデなんか言いかけてたぞｗ
：辞世の句「ワイの出番とかないんか？」
：サクたんニッコニコで草
：癒し枠
：笑うしかねぇよｗｗ
：あまみやちゃんは真顔やん

「…………。なんか、私も慣れてきたわ」

「リョーガ、カッコいー！」

「ふはは！　そうかそうか、リスナーどももも、俺に惚れていいんだぜ☆」

：ヴォエッ!!
：は？
：くっさ
：こんな時こそ爆発オチにしてくれ

：自惚《うぬぼ》れんなゴリラ
：サクたんの頭を気安く撫でんじゃねぇ
：吐き気を催す邪悪
：消えてもらおうかッ‼

「……フゥン……」

「泣いちゃった！」

「ボロクソに言われてるわね」

リスナーさんたちからの罵詈雑言《ばりぞうごん》を浴びてしょぼんとした顔になった涼牙を慰めながら、ダンジョンの攻略を進めた。

＃　＃　＃

しかし数十分後。

「ぜー……ぜー……。そろそろ、休憩、しよー……」

ノンストップでダンジョン攻略が進んでおり、体力と筋力もないもやしっ子の僕は限界が来ている。

息切れはもちろん、足もガクガクで休憩しないともう歩けそうにない……。

「オメーは体力ねぇなぁ！」

「ダンジョンに潜るのならもっとつけるべきだと思うけど……。まぁ私も少し疲れたし、休憩しましょ」

満天の星空の下の草原に座って、持ってきたおやつを食べたり、お茶を飲んだりしてまったりとした時間を過ごしていた。

：ガチで遠足やんけｗｗ
：青春だなぁ……
：※Sランクダンジョン内です
：まぁ普通なら襲われるけど、サクたんいるしね
：空からヒトデ（爆弾）降ってくるだけじゃんね☆
：爆発しなきゃ問題ねぇべ
：サク民はもうダメだ……ｗ

休憩を続けていると、ヒトデが降ってくることはもちろん、他の魔物も僕たちの元にやってきている。

色鮮やかで多種多様の魚が空を泳いで、僕の元にすり寄ってきた。星屑の迷宮《ダンジョン》と呼ばれているけれど、魚類系の魔物しかいないらしい。

ふと見上げた先にオーロラまであったが、しばらく見ていたらユラユラと不規則に動いてこちらに向かってきた。

「おー、大きい魚だね！」

数十メートルはありそうな長さで発光する綺麗な魚だが、天宮城さんはジトーッと僕を見つめている。

「あの……あまみやさん？」

「はぁ……。〝セイグウノツカイ〟。オーロラのように発光して空を泳ぎ、磁力を操ることができる能力を持っている幻獣よ」

「よかったじゃねぇか。乗りもんゲットだな！」

：乗り物（幻獣

：当たり前のように幻獣ゲットしてて草なんだがw

：サクたんクオリティー！

：オーロラとリュウグウノツカイって確かになんか似てるよな

：何より心配なのは餌だな

：リュウグウの餌はオキアミとかプランクトンらしいぜ！

：→いける……か……？

：まあいけるだろ！w

：サク民は幻獣発見よりも飼育可能か知りたがるらしいなｗｗ

クロコからもらった鍵があるしね。もちろん連れて帰るつもりだ。
けどなんだろう……この子、なんかちょっと焦ってるような……？

＃　＃　＃

――星屑の迷宮《ダンジョン》、最上階。

『…………』

一匹の巨大な生物が静かに動きだしていた。
東京全土の魔力を一身に集め、蓄え続けたものの末路……。それは破滅だった。

――ドゴォオンッッ！！！

星屑の迷宮《ダンジョン》の壁に大きな風穴が開き、それは東京の上空で遊泳し始める。
厄災が降り注ぐまで、数分とかからないだろう……。

第21話

休憩をそろそろ終えようかと思った矢先、いきなり僕たちのスマホから警報音がけたたましく鳴り響き始めた。

確認してみると、それは幻獣が東京都の上空に出現した、というものだった。

「これって……」

「リョーガ！」

「わぁってるよォ！　調査よりそっち優先だ‼」

涼牙がダンジョンの最端まで瞬時に移動し、壁を殴って穴を開ける。

そこからは青い空と東京の街並みが見下ろせた。

だが、空に不可思議な生命体が遊泳している。体の背面は紺色で白く発光する斑点《はんてん》があるジンベエザメに見える。

「あまみやさん、あれは？」

「えぇと確かあれは……〝リュウセイジンベエザメ〟。二、三十メートルほどの巨体だけれど反重力状態で空を遊泳するジンベエザメね。宇宙から隕石を引き寄せてコバンザメのようにまとわせて、意のままに操れる幻獣よ！」

「宇宙からってすっげぇな！！」

：東京住みだけど警報鳴っててビビッた
：外出た瞬間終わる気がするわｗ
：けどサクたんがいる限りワタガシちゃんでなんとかしてくれるな！
：にしても隕石操るサメか……
：ウオカゲとどっちが強いかね
：スカイツリーから飛び出してきたの見たぞ
：無敵のＸランクさんがなんとかしてくれよォーーッ！！！
：サクたんたちガチで東京頼んだｗ

少し体を出して、スカイツリーの上を見てみると、大きな穴が開いていた。問題のサメはそこから出てきたのだろう。

「絶対に解決しなきゃ。……土日は東京観光するつもりだったし、お土産バナナも買ってないから……」

：ボソッ……（丸聞こえ）
：草
：聞こえてんぞｗ

：配信用カメラが優秀すぎる
：まw　たw　バw　ナw　ナw
：どこまでもマイペースだなぁ
：そのマイペースで東京救ってくれw
：サクたん、あとは頼みます……

隕石を操る、か……ならこの子と相性も良さそうだし、いけそうかなぁ。けどまぁ、保険のために一応あの子を呼んでおこう。

右手に力を込めると、紋様が浮かんだ。それと同時に鍵が出現する。

鍵を宙に突き刺し、ひねった。

「おいで――霹靂鳥《ハタタドリ》、ピー助」

『ピーーッ！！！』

ピー助を扉から呼び出し、その背中に飛び乗った。涼牙も一緒に乗ったが、ピー助がなんだか嫌そうな顔をしているのは見なかったことにしよう。

天宮城《うぐしろ》さんはピー助に乗らなかった。

「私は上に行って、何が原因で暴れ始めたのか調べてみるわ！　どうせ一緒に行っても足手まといになるかもだし」

「わかった。じゃあ、行こっか！」

「オーケーだぜ！」

『ピィ！！！』

＃　＃　＃

ピー助は大きな羽を羽ばたかせ、東京の上空を飛び始めた。

後ろから、リュウグウノツカイの幻獣もついてきていた。

ジンベエザメは今のところ破壊を始める様子はない。だが、違和感がある。

苦しんでいるような……もがいているような。そんな感じに見えた。

『…………！』

「え、うわっ⁉　隕石こっちに来た‼」

『クルルゥ……！！！』

ピー助はジンベエザメから飛んできた隕石を軽々と避けたが、隕石は僕たちを追尾してくる。

「サクたん、アイツ討伐しちゃダメなのか？　アイツ悪だろ悪！」

「なんだか苦しそうだし、可哀想じゃん？　それに、何か訳があるかもしれないしさぁ。……こういうことを考えられないから、リョーガってモテないんじゃない～？」

「う、う、うるせェぞ！　幼馴染だからってライン越えんなよッ！？！？」

：図星で草
：愉快愉快^^
：戦いの最中とは思えないほどのほほんとしてやがるｗｗ
：ってか今、幻獣東京にいすぎやろ！
：大　怪　獣　墨　田　決　戦
：まじもんの怪獣バトルですｗ
：テレビでも生中継してんぞ！！！

どうしようかと考えていた時、ポケットのスマホが振動するのに気がつく。

画面を確認すると天宮城さんからの電話で、すぐに応答した。

『サクたん君。東京スカイツリーのダンジョンは、どうやらこの東京の魔力を集める作用があったっぽいわ。おそらくそのリュウセイジンベエザメは、魔力を過剰に取り込み続けたことによる暴走よ！』

「暴走……止められないんですか？」

『魔力の過剰摂取で混乱しているっぽいし……どうすればいいのかは……』

「混乱……わかりました、ありがとうございます！　なんとかなりそーです!!」

混乱状態……つまりは、脳がちゃんと機能していないということだ。ならば、脳みそを正常に動かしてもらえばいい。

うなぴの出番だね。

「リョーガはピー助と一緒に隕石を破壊しといてほしい。僕はこのリュウグウノツカイとあの子に近づくよ」

「けどよぉ、隕石壊したら下の人が危なくねぇか？」

「隕石には磁力が含まれてる。このリュウグウノツカイは磁力を操るらしいから、破壊された隕石ならあのサメ君の操縦も一時的になくなって、こっちが操れるかも」

「お前っ……ほんと頭いいな～！」

「えへへ～♪」

そうと決まれば早速実行あるのみ。

僕だけピー助からリュウグウノツカイに乗り移った。

運動神経がなさすぎて足を滑らしそうになったが、なんとかなった。

頭の辺りに乗り移り、このリュウグウノツカイのトサカ（？）みたいなものにしがみついて振り落とされないようにする。

「じゃあリョーガ、ピー助、よろしくね！」

「任せぃ！！！」

『ピーー!!』

『…………！！！』

サメは無数の隕石をこちらに飛ばしてくるが、ピー助の雷撃と涼牙の拳で全て砕かれる。

そして僕の読みが当たり、砕かれた隕石はこのリュウグウノツカイが操ることに成功した。

：うぉおおおおお！
：高次元バトルすぎるｗｗ
：ピー助かわいい♡
：隕石を素手で砕く男
：いけるか⁉
：なんとかなれーーッ！！！

「うわばばばばGがぁぁあああ！」

リュウグウノツカイは好機だと思ったのか、スピードアップしてサメに近づく。それでとんでもないGを感じて変な声を出してしまったが、なんとか気絶しないで済む。

しかし、これ以上近づくと体当たりをされるかもしれない。

だから……不意を突こう。

「っ……！　ハナちゃん、五秒止めて！」

『！』

パァッと、トカゲのハナちゃんについている桜の花が淡く光った。

それと同時に、僕ら以外のものが全て停止する。リュウグウノツカイは間接的にハナちゃんに触れているため動くことができた。

よし、十分に近づいたし……もういけるでしょ！

「うなぴ！　行っておいで！！！」

五秒経過後、スマホの画面をジンベエザメに向け、そこからうなぴが飛び出す。

鮫肌に潜り込むうなぴ。

一瞬、ジンベイザメはビクンッと体を跳ねさせると、ギラギラしていた目つきは穏やかなものとなった。

それからジンベイザメは僕を見て、体を近づけてすり寄ってくる。

「あはは！　ザラザラして痛いよ～」

：これって……！
：ああ、サクたんの勝ちだ
：うぉおおおおお！！！！
：まじかよやりやがった！
：これがテイマーだッ！！！
：東京守ってくれてありがとう
：GG
：強すぎんだろ……ｗｗ

：うわー。映画一本見た気分ｗ
：満足感パネェ！

なんとか、暴走してダンジョンを脱走した幻獣を止めることに成功した。
はぁー、疲れたぁ……。

＃＃＃

ひとまずジンベイザメとリュウグウノツカイには、元いたダンジョンに帰ってもらった。家に帰ってから鍵で連れて帰ることにしたのだ。

そんなこんなで幻獣の暴走事件を解決した僕たちは今、東京都にある〝世界ダンジョン機構（WDO）日本支部〟にいる。

涼牙は「ダンジョンをなんか色々管理してる偉いやつだぜ！」と言っていたのだが、詳細が全くわからなかった。

「うー……東京観光ー……」

「咲太君、少しくらい我慢しなさい。あとで美味しいスイーツショップに連れていってあげるから」

「やった〜！　まぁお菓子も出してくれてるし我慢しよー」

応接室でお茶とお菓子を堪能しながらしばし待っていると、ガチャリと扉を開けて誰かが部屋に入ってくる。

タバコを口にくわえながら、気だるそうな顔をしているイケメンの男の人だった。

高身長の黒髪黒目だが、右目だけ赤色だ。

「うーっす。君が噂のサクたんか」

「噂の……？　まぁ、はい！　サクたんです!!」

「元気だな……。俺はＷＤＯ日本支部トップの駆動《くどう》だ。はぁ、だるい……」

な、なんかトップとしてはダメそうな感じがする人なんだけど、大丈夫なのだろうか……？

天宮城さんが小声で言う。

「あれ、よく見たらあれタバコじゃなくてお菓子じゃないかしら？」

駆動と名乗った男の人がそれに反応する。

「あー……よく気がついたな。タバコは苦いしクソ不味くて嫌いだが、カッコいいからなぁ。けどこれは高速でレロレロしたら煙が出るぞ」

「咲太、あれ嘘だから真に受けるんじゃねぇぞ」

「えっ……れろれろで煙出るとこ見たかった……」

僕と涼牙がそんな会話をしていると、駆動さんは少し呆れたような視線を向け、首の後ろを掻きながら話を始めた。

「えー……まずは東京救ってくれてありがとな。本来は勲章とかもらえるんだろうが……そういうことするのだりぃから、俺が代わりに適当な茶菓子送っとくわぁ……」

「本当ですか!?　ちなみにどんなお菓子ですか？」

「あー……？　お土産バナナとかぁ？」

「やったー!!」

するとと、涼牙が半笑いで言う。

「相変わらず咲太はチョロいし、駆動さんは女殴ってそうなイケメンだな！」

「ぶん殴るぞ高力……」

正直、勲章とかをもらっても特に嬉しいわけではなかったし、茶菓子の方が断然嬉しいから感謝しておこう。

話はまだまだ続くのかと思っていたが、どうやらもう次の話でラストらしい。

駆動さんが面倒くさそうに口を開く。

「幻獣を山ほどタラし込んでるらしいが……さすがにトップとして見過ごすわけにはいかねぇ。だから任意だが、今度お前の家を調査させてもらいたい。クソダリぃけど」

「まぁ別に大丈夫ですけど……あっ！　配信とかしていいですかね!?」

「あぁ……？　そんぐらいなら構わないが……」

次の配信内容はどうしようかと悩んでいたが、これを利用してしまおう。

自分の家がダンジョンなのだから、そこで配信をすればいいじゃないか。ペット紹介動画みたいな感じだ。

よくわからないけど駆動さんも調査してくれるみたいだし、解説役ゲットだ！

「そんじゃあお疲れぇ。茶菓子は家に直接送って、調査については随時報告するわ。ふわぁ……仕事終わったし俺は寝る」

駆動さんはそう言い残し、ソファで横になって寝息を立て始めた。

僕は涼牙に向かって言う。

「あっけなく終わったね」

「駆動《アイツ》、極度の面倒くさがり屋で甘党だからな！」

も、ものすごい濃い人だなぁ……。

＃　＃　＃

――咲太のスカイツリーダンジョン配信後、某所にて……。

「次のターゲットは、化け物を従えるこいつか？」

「あぁ。ったく、上も無理難題を押しつけてきやがる」

「ははっ、命がいくつあっても足りないっつーの」

サングラスに黒いスーツを身に着けたいかにも怪しい男たちが、咲太の配信のアーカイブを見ながら苦笑いを浮かべている。

「けど、麻酔銃も色々揃ってるし、〝動物に好かれまくる体質〟の対策ももちろんある」

「しかもだ、成功したらこの幻獣が全部ついてくるんだぞ？」

「九尾会の奴らの二の舞にはならねぇ」

「アイツらは計画性のないバカだったろ！」

「それもそうだな。クックック……‼」

男たちがいるのは都内の港で、そこには巨大な船が佇《たたず》んでいた。

彼らは非合法の密売人であり、危険な武器や魔道具をダンジョンから手に入れ、海外に売っている。武器も取り揃えており、作戦は失敗しないという絶対的な自信がある。

そんな彼らの新しい仕事が――咲太の拉致監禁、そして咲太の持つ幻獣の独占だった。

「俺たちの猟場は東京……そしてターゲットがいるのも東京。運に恵まれてるな」

「隙を見せたら麻酔銃で眠らせて連れていく。ボスを乗せた船はもうじき出発するが、ボートで追いかけりゃ問題ないしな」

「さぁて、ひと仕事始めますか」

不敵な笑みを浮かべて男たちは、車に乗り込むのだった。

第22話

ダンジョン配信をし、ＷＤＯの一番偉い人と話したあとはもう時間も時間だったので、東京観光は明日することになった。

僕と涼牙はホテルに泊まり、天宮城《うぐしろ》さんは友人の家に泊まらせてもらったらしい。

――そして翌日、土曜日。

涼牙は駆動さんに呼ばれて別件の仕事を頼まれていたので、僕と天宮城さんの二人で観光することとなった。

待ち合わせ場所で天宮城さんを待っていて、特にすることもなくボーッとしていたその瞬間だった。

――プスッ。

「…………んぇ？」

足にチクッと何かが刺さったような感覚がした。

そして意識が遠のいていき、ブツンッと途絶えてしまった。

＃　＃　＃

「よし、作戦成功だ」

「さっさと車出せ！　カラスどもが群がってきやがった」

「ははっ、轢《ひ》かれたくなきゃ離れろ鳥公ども！」

咲太に麻酔銃を撃ち込み、眠らせたあとに連行。そのまま車に乗せることに成功した黒スーツの男たち。

すやすやと眠っている咲太は、幻獣を一体も連れてきていなかった。


「しっかし、ここまでうまくいくとはな」

「油断するな。まだ襲われる危険性がある」

「つっても魔道具は山ほどあるし問題ないと思うがね」

「すー……すー……」

車を走らせること数分、男たちは昨日いた港に到着した。

小型のボートがあり、その場には見張りの男たちがいる。男たちは厳重な装備で身を固めていた。

リーダー格の男が告げる。

「お前らはサーマルゴーグルで生き物の動きを注意してろ。必要なら銃や魔道具を使って構わない」

「了解。へへっ、今んとこ獣たちは警戒して近寄れてねぇな」

「備えあれば憂いなし、ってやつか」

男たちが身に着けているサーマルゴーグルは、猫やカラスなどの生き物を、その体温によって感知できる非常に高性能な装備であった。

ゆえに、暗闇の中でも敵の動きが手に取るようにわかる。

ただし、感知できるのは恒温動物だけに限られていた。

——チクッ。

「あ？　あ……うわぁああああああ！？！？」

「ど、どうしたっ⁉」

「む、むか、ムカデだ！！！」

「落ち着け。チッ、虫まで——」

ムカデは変温動物ゆえに、サーマルゴーグルには感知されなかったのである。

生まれたのはわずかな隙だったが、その一瞬で状況は一変する。

『ピー！！！』

『ホーッ！』

『ミャーオミャーオ』

「なッ⁉　クソこいつら！！！」

上空で待機していたタカ、静かに隙を窺《うかが》っていたフクロウ、何食わぬ顔で堤防に居座っていたウミネコ。それら全員が男たちを襲い、手に持っている武器を奪い去った。

だが、男たちは諦めず、魔道具を取り出す。

「これでも喰らいやが……れ？」

「ボ、ボロボロになってるぞ⁉」

「は……ッ！　シロアリだ！！！」

彼らが用意していた強力な魔道具はどれも木製であったために、全てシロアリが喰らい尽くしてボロボロに朽ちていた。

武器がなくなった男たちは焦ったようにボートに乗って逃げようとしたのだが、そのボートに吸盤がついた巨大な触手が襲いかかる。

「ば、化けもんが出てきた……」

「幻獣だと！！？」

「いや、あれってダイオウイカじゃね……？」

「はぁ……はぁ……！　ムカデの毒ってどうすりゃいいんだよォ！？！」

ボートを次々と破壊していき、海の藻屑《もくず》へと変化させていくダイオウイカ。

そして追い討ちをかけるかのように、ボートの周りに無数の背びれが現れた。逃がさないと言わんばかりに己を主張するのは、サメたちだ。

さらにトビウオが突撃を仕掛けたり、アカエイが毒針を男たちに突き刺したりする。

空が見えなくなるほど無数の鳥がおり、地面は蠢《うごめ》く虫たちで埋め尽くされている。

男たちはその場にうずくまる。

「痛《いて》ェ……痛《いて》ェよぉ！！！」

「に、逃げ場がない……‼」

「幻獣がいないのに……なんなんだよこれぇ！？！？」

「起きてどうにかしろよサクたん！！！」

なお咲太は、動物たちによって救出されていた。

すぴー、と離れた位置で寝息を立てている。

一人の男がため息を吐き、何かを決意したかのように立ち上がる。

「これは使いたくなかったが仕方ねぇ……。もう使わざるをえないな……！！　最後の魔道具だ……！　【レグ――】」

「――【アブソリュート・ゼロ】」

――キンッ。

その瞬間、男たちの体を凍《い》てつく氷が覆った。

いっさいの身動きがとれなくなる男たち。

そして、ドスの効いた声が響き渡る。

「待ち合わせ時間になっても来ないからどうしたのかと思ったけれど……あなたたちが誘拐していたのね……！」

「お、お前は……‼　あまみや、か！！？」

「……ご名答よ。けど、犯罪者に当てられても全く嬉しくないわね」

ゴミを見るかのような、絶対零度な視線を男たちに送るのは、天宮城だった。

「ま、待て！　交渉をしよう……。お前さんがモフモフ好きなのは知ってる。だ、だから、これに協力してくれたら幻獣をいつでも撫でる権限を渡――」

「ふざけんな」

「あがッ！？！？」

頭以外が凍った男が交渉を持ちかけたが、天宮城は提案を一蹴する。

そしてその頭をサッカーボールのように蹴り、物理的にも一蹴した。

怒りに満ちたその顔を目にし、他の男たちも、凍らされていることすら関係なく震え上がるのだった。

「やっすい女に見られてるみたいね。いい？　彼は私にとって都合のいい存在じゃないの。まだ恥ずかしくて言えてないけど、もう大切な存在なのよ。……なのに上から目線で、何様のつもりかしら。法律がなかったら、今この場でバラバラにしてるわよ」

「「「「ひぃっ！！！！」」」」

毛根を引きちぎる勢いで髪の毛をわし掴みにして脅したあと、天宮城はやれやれとため息を吐くのだった。


その後、天宮城は咲太を保護し、彼をおんぶしてスマホで電話をかける。

この場はなんとか一段落がついた。

「すー……うへへ、バナナたくさん……」

そして咲太は、最後まで目を覚まさなかった。

＃＃＃

「……報告が途絶えた。どうやら失敗したようだな」

大海原をゆっくりと進む巨大な船。

その船の船長室で、どかっと椅子に座るヒゲを蓄えた男。

こいつこそが、咲太を誘拐しようとした組織のボスである。

「ボス、失敗した奴らはどうするんですか？」

「フンッ、放っておけ。情報を吐かれようがどうせオレたちの本拠地はわかるまい。クヒヒ……だがいい、作戦を練り直して、必ずやサクたんを捕えてオレたちのモノとするのさァ！　世界征服も夢じゃねぇ……！！！」

絶対的な自信、それゆえの慢心。

だが、ボスは相手が手を出してはならない者だということに気がついていなかった……。

場所を移し、船の甲板で海に注意を払っている組織のメンバーたちが異変を感じ取っている。

「お、おい、なんかイルカの群れがすげぇぞ⁉」

「クジラが潮噴いてるな」

「何事だよこれ」

「……ん？　今、人が走ってなかったか……？」

「は？　お前何言って――」

――ボゴォォオンッ！！！

轟音が聞こえてきたと思えば、船が大きく揺れ、けたたましい警報音が鳴り響き始めた。

甲板にいた者たちはパニックになる……かと思いきや、誰一人しゃべらずにシーンとしている。

そして、バタバタと床に倒れ込んだ。

「――……ったく、クソ面倒くせぇこと起こすんじゃねぇよゴミども……。海の上なんか久々に走ったぞこの野郎ぉ……」

そうして倒れた男たちの頭に足を乗せながら、赤い右目で辺りを見渡す男。

WDO日本支部トップ――駆動ゼロである。

咲太を無事に保護したあと、天宮城が電話をして、駆動にこの状況を説明したのだ。駆動はすぐに涼牙を連れ、一瞬にして陸から遥かに離れた船に到着した。

「クソ目立つようにイルカやらクジラがいたが……それもアイツの体質ってわけか。さて……船の横ぶち破った高力に存分に暴れてもらってる間に、一番偉《えれ》ぇ奴のとこ行くかぁ……」

ガシガシと気だるそうに首の後ろを掻く。

だが、次の瞬間にはその場から姿を消していた。

右目の赤い残光だけを残して。

――一方その頃。

「は～～っはっはっはぁ！！！　いっちょ前に銃乱射しまくってんじゃねぇぞ犯罪者どもぉ！！！」

「ッ⁉　じゅ、銃が効かねぇ！！？」

「止めろ！　止めるんだァァ！！！」

「く、来るなぁぁあぁああ！！！」

船の側面に穴を開けて船内に侵入した涼牙は、男たちと交戦していた。

だが、戦いというにはあまりにも一方的なものだった。

銃を撃つが、その肉体に傷一つつけることさえできない。それ以前に、涼牙の動きが速すぎて、男たちは一瞬にして気絶させられていた。

「俺の幼馴染に手を出したんだから、ツケはしっかり払ってもらうぞゴラァ！！　死――……ねはよくないなァ！！！」

涼牙が船に侵入して約二十秒。船員の過半数は戦闘不能《リタイア》にさせられ、船の損傷率は60％を超えていた。


――船長室。

たった数十秒で組織は壊滅的な被害を受け、船内は阿鼻叫喚の状況だった。

「何がどうなってるんだ⁉」

「情報が来る前にやられてんだよ！」

「対処しようがない……」

「もう終わりだな」

ボスは歯軋りしながら貧乏ゆすりをしている。

「あ゛ー……テメェがボスかぁ？」

その時、船長室にだるそうな声が響いた。

つい先ほどまで甲板にいた駆動である。

「ッ!?　き、貴様は……あの〝閃紅《せんこう》〟の駆動ゼロだと！！？」

「そのあだ名中二くせぇからやめてくんね……」

駆動ゼロ。閃紅の二つ名は最速を表す。

彼は元Sランク探索者だが、数多《あまた》の実績と戦力の高さ、そして知能の高さで、若いながらもWDO日本支部のトップになった男だ。

国を壊滅できる力を持っていないためXランクではないが、速さだけならば勝る者はいない。Xランクの涼牙をも上回るスピードで移動できる。

（世界最速の男……だが、毒ガスで充満させれば――）

「はぁー……これも典型的な毒ガスだなぁ……」

「な、はッ!?　お、オレの手にあったのが！！？」

駆動は一瞬で毒ガスの入った缶を、ボスの手から奪い取った。ボスの顔はみるみるうちに青くなった。

「いいか……俺ぁクソ面倒くさがり屋だ。できるならな～んもせずに生きてたい……。けどなぁ、テメエらみたいなクソを放っておくほど、落ちぶれた人間じゃねぇんだよ」

「ガッ――」

「若い芽摘《つ》むつもりなら……俺を倒してから言え。ガキどもを守るのが俺の責務だからな」

目に見えないほどの速度で蹴りを入れられ、ボスはあっけなく伸びてしまった。

駆動はやれやれとため息を吐くと、懐に手を突っ込んでお菓子の袋を開けて食べ始める。菓子をつまんでいると、全船員を倒した涼牙が合流してきた。

「おっ？　駆動さん終わったか～？」

「あぁ、汚物処理完了だ。……だが、この船も長くないっぽいからとっとと失せんぞ」

「それなら大丈夫みたいだぜ！　デッケエタコが船支えてらぁ‼」

「……あ……？」

二人が室内から外に出る。

船を丸々包み込めるほど巨大な触手が絡みついており、船を支えていた。

さらに、山のように巨大で真っ黒な人型の生物や、クジラより遥かに大きいサメなどが、船を支えようと囲んでいる。

「……幻獣の〝尨大蛸《クラーケン》〟に〝海坊主《ウミボウズ》〟……ありゃあ〝メガロドン〟っぽいな。……ここは世界の終わりかぁ？」

「ハッハッハ！　やっぱ咲太は愛されてんな～！」

「俺たちが来なくても解決したじゃねぇか……クソが……」

こうして、咲太の誘拐未遂事件は幕を下ろした。

第23話

不思議なことに、なぜか土曜日の記憶がないまま、翌日の日曜日を迎えた。

涼牙や天宮城《うぐしろ》さん曰く、僕は悪い人たちに誘拐されかけていたらしい。

この体質は昔から結構目立っていたし、動物だけでなく、人も引き寄せてしまう。だから、拉致とか何回かされてるし、今さら驚くことはないんだよね。

そんな騒動も一段落し今度こそと、天宮城さんと東京観光をすることになったのだが……天宮城さん、ずっと僕にひっつくので目立ったし、暑苦しかった。

＃　＃　＃

――そして東京から戻ってきて数日後。

駆動さんが僕の家にやってきて、以前言っていた家の調査（？）とやらをすることになった。

「チクショウ……どんだけ入り組んだ場所にあんだよ……。しかも人っ子一人いねぇ山の中だしよぉ……」

「え？　ただの一本道ですよ？」

「はぁ？　……あー……これも幻獣ねぇ……」

「？？？」

『なーお』

白い毛に青い斑点がある飼い猫がテシテシと配信用カメラを突いていた。

僕は駆動さんに尋ねる。

「駆動さん、もう配信とかしても大丈夫ですか？」

「あぁ、構わねぇが……俺は配信については知らんぞ。幻獣も全部は解説できねぇ」

「――そこは儂に任せるのじゃっ！」

「お願いね、クロコ！」

たまたま遊びに来ていたクロコもお家配信に出てもらい、幻獣について説明してもらうことになったのだ。いつも幻獣の解説役をしてくれた天宮城さんは用事があって来られなかったので、心底悔しそうにしていた。

早速カメラを起動させ、配信をスタートさせる。

「みんなこんばんは～！　今日はお家でペットたちの紹介配信しまーす」

：こんばんサクたん！
：待　っ　て　た

：久々に感じるよー
：ぬっこ可愛いｗ
：お家配信ってマ！？！？
：グヘヘ……♡
：→ギルティ！！！
：助かるｗ
：クロコたんもおるやんけ！
：ま〜た知らん男がおるな
：でもクソイケメンで草
：身長高ッ！　足長ッ！　面良ッ！
：幻獣たらしと女たらしが揃っちまったか〜？ｗ

「久々じゃのう〜、黒狐《くろこ》じゃ！　……ほれ、お主も挨拶くらいせんか」

「あー……ＷＤＯ日本支部トップ、駆動ゼロ……。今日はサクたんの家と幻獣の調査で来た……。クソだるい……」

クロコに肘を当てられ、気だるそうに自己紹介する駆動さん。リスナーさんたちは驚きを隠せていない様子だった。

：日本のトップ！！？ｗ
：はい。早速やらかしｗｗ
：【定期】サクたんだから
：さすさく
：Ｘランクの次は最速の男とコラボっすか……
：なんだァこの配信、可愛いとイケメンしかいねぇなｗ
：駆動さんにダンジョンＲＴＡ配信してほしい
：お前ら顎を外すのは早いぞッ！ｗｗ

挨拶も無事に終わったので、早速家の中を紹介することにした。
「まずここはリビングです！　めちゃくちゃ広くて、暖炉とかソファがあります！　あとペットたちが歩き回ってます」

：天井たっか！ｗ
：天咬蛇《アマガミヘビ》のシラハちゃん、突っ張り棒に巻きついてて草
：暖炉ある家ってすごいな……
：幻獣が徘徊《はいかい》するリビング
：不法侵入したら生きて帰れなさそうｗｗ

『なぉーん』

「あっ、この子はシズクです！　水玉模様が可愛いですよね？」

足にすり寄ってきた先ほどの猫……もとい、シズクを抱っこすると、にょーんと体が伸び始める。

しかし、僕の頭上まで持ち上げても、まだ後ろ足は床についていた。

：ファッ！？！？
：伸びすぎ伸びすぎｗｗｗ
：なんやこのぬっこ！
：サクたんの身長超えるくらい伸びてる……
：チーズみてぇｗｗ
：もしかして幻獣ですか……？ｗ

「うむ！　この猫は〝水猫《ミズネコ》〟という幻獣じゃな。体を無限に伸ばせられるうえに、自身が液体となって移動できるぞ。湿度が高いところじゃと完全に姿を消せるじゃろう」

「すげぇ猫だが名前が適当な気がすんな……」

『みゃう』

：【速報】猫は水だった
：長年の論争に終止符が打たれた……
：幻獣だからな？ｗ
：普通のネコでも水だろ。大概にせいよ！
：可愛いは正義なんだねぇ
：ステルス性能えぐぅｗ

シズクを床に下ろすと、長く伸びた体のままソファに向かい、ゴロンと転がって眠り始める。

その一部始終を遠くから見ていた子が、こちらに興味を示し始めて近づいてきた。ピンク色の体に一本のツノを生やす馬だ。

「この子はユンちゃんです！」

「言わずと知れた〝一角馬《ユニコーン》〟じゃな。ツノを削った粉を飲めば万病に効くが、触れると――」

『ブルルッ』

「あ？」

クロコが説明してる最中、ユンちゃんが駆動さんにツノを押し当てていて、駆動さんからポンッと音が鳴って煙が上がった。

「あぁ……？　んだこれ……」

煙が晴れるとそこには――黒髪で高身長のとても綺麗なお姉さんが現れる。

「このようにじゃな、ツノに触れられると性転換し、服まで変えられてしまうのじゃ。悪戯《いたずら》好きじゃから気をつけるべきじゃぞ」

「カッコいいお姉さんになりましたね！」

「どーでもいいけど戻してくんねぇか……。胸が苦しい」

：エッ！！！！！
：エチチチチチ
：ダウナー巨乳お姉さんとか……うッ！
：無限にＴＳっ娘が生産できるな～！ｗｗ
：元男でいい、結婚してくれ（土下座）
：サクたんがＴＳしたらどうなるんだ……？

リスナーさんの一つの疑問を察知でもしたのか、ユンちゃんは僕に近づいてツノを当ててきた。

ポンッと音を立てて煙に巻かれたが、現れたのは……。


：……え？

：服以外変わってねぇ……

：美少女（♂）→美少女（♀）

：顔つき全く変わってなくてクソワロタｗｗｗ
：だって元が完成形だもん（笑）
：フリフリの服、可愛いよサクたん～～！ｗ

「変わってないのう」

「変わってねぇな」

「変わってないですね」

僕は性転換されようが、容姿は何も変わらないらしい。

その後、僕はユニコーンのユンちゃんに体を元に戻してもらったが、なぜか駆動さんは戻してもらっていなかった。

悪戯好きなのは可愛いけど、ほどほどにと念を押しておいた。

＃　＃　＃

場所を移して庭へと移動する。

「む、家の庭はこんなに開けておったかのう？」

「この家、ダンジョンと同化してるから、多分この庭もダンジョンの中だと思う」

：ダンジョンと同化ってなんですかｗｗ
：初耳だぞ！ｗ
：まぁダンジョンと同化してないとあんなでかい生き物連れて帰れんか
：誰も攻略できないだろうなぁ……
：牛かと思ったらベヒーモスが歩いてる庭ｗｗ
：黄泉蜘蛛《ヨミグモ》のワタガシちゃんも寝てるな
：桜の木に登ってる推し（ハナちゃん）を見逃さなかったぞッ！
：幻　獣　ハ　ウ　ス
：やーい。お前ん家ー、幻獣やーしきーｗｗｗ
：こりゃ生きて帰れませんわｗ

この庭は、山、林、雑木林などがあるゾーンなので、そこに住む生き物たちを飼育している。山で暮らす獣や昆虫などだ。ベヒーモスや餅月兎《モチヅキウサギ》、他にもたくさんいる。

そうこうしているうちに、いろんなペットたちが僕を見つけて近寄ってきた。

とりあえずクロコには一匹ずつ紹介してもらうことにした。

まずは、全身が青々しい緑の葉っぱで覆われたシカから。

「これは〝四季色鹿《ヨツイロジカ》〟。肉体はなく、木の枝が集まって形を成している鹿じゃ。その枝は花、青葉、紅葉、落ち葉など、四季折々の姿を見せるぞ！」

「なんかこいつの周り、クソ暑くねぇか……？」

「うむ。青葉は灼熱の夏の陽気、落ち葉は極寒の冬の空気に、周囲の環境を変えるからのう」

「妙に暑かったり寒かったりしたの、それのせいだったんだね……」

：本人が把握していない定期
：サクたんだしね……w
：気にしたら負けだ！
：可愛いなぁ
：この子なら飼えそう
：→オメーが飼えてもシカは嫌がるぜ。失せな
：(´；ω；`)＜うおーん

葉っぱの頭を撫でていると、パタパタと鱗粉《りんぷん》を振りまきながら僕の頭に一匹の蝶がとまった。

大型犬くらいの大きさをしている虹色の蝶だ。

「クロコー、この子は？」

「〝虹揚羽《ニジアゲハ》〟。鱗粉が目に入ると知覚が活性化し、共感覚の状態となるぞ。じゃが、口のストローを突き刺されると〝色〟を吸われて植物状態となるから要注意じゃ！」

：綺麗ー……って怖ッ！？！？
：色を吸われるってなんすかｗｗ
：幻獣だもん
：個性を奪うってこと？
：麻痺《まひ》してたけど幻獣って怖いんよな……

「あ゛ー……サクたん、調査として来たからまぁ……この庭で一番強いやつが見てぇ」

「一番強い？　うーん……」

駆動さんがそんなことを言ってきて、僕は少し考え込んだ。

この庭で一番強そうなペットかぁ……うーん、誰だろうな？　あ、やっぱあの二匹かな！

「おいでー！　ヤマトとムー！！！」

そう叫ぶと、地響きがすると同時に一つの山が立ち上がり、さらに地面から何かが飛び出してきた。

山がそのまま人型となったような生き物と、超巨大なムカデだ。

「クソデケェな……」

「何回見てもおっきいね～」

「ふむ……。〝大太法師《ダイダラボッチ》〟と〝万里百足《バンリムカデ》〟か……!!　儂の忌々しき因縁の相手はすでに、サクたんに懐柔されておったようじゃのう」

ヤマト……もとい大太法師《ダイダラボッチ》の存在は知っていたが、幻獣だというのは知らずにここで飼育していた。

「大太法師《ダイダラボッチ》は山の神であり、山で不敬を働いた者を祟《たた》ることができる。そして……万里百足《バンリムカデ》。ふっ、ただのデカいムカデじゃな～」

クロコがそう解説すると、ムカデのムーがクロコを睨みつける。

『グァアア……！！！』

「お？　なんじゃなんじゃ、久々に闘《や》ってもよいのじゃぞ？」

：デカァアアアイ！　説明不要ッ！！！
：っぱデカいは正義なんだよなぁｗ
：なんつーバケモンを飼育してんだｗｗ
：大妖怪二匹揃ってる……
：だ、大丈夫だ、問題ない。顎のストックはまだある
：クロコたんと訳ありか？
：仲悪そうｗ

ムカデのムーとクロコがバチバチと火花を散らしているけれど、昔に何かあったのだろうか……？

チラッと駆動さんを見ると、僕の顔を見て一度頷いて踵を返す。

「確認した。そんじゃあ、面倒いからあと二箇所くらい確認したら終いにするかぁ……」

「はーい。来てくれてありがとねー！　また来るから！」

僕がムーとヤマトに言うと、クロコが口を開く。

「ふんっ。今日のとこは闘わずに済んだようじゃな」

『………』

終始クロコとムーは仲が悪そうで睨み合っていた。なお、大太法師《ダイダラボッチ》のヤマトは大きい手を振り返してくれた。

＃　＃　＃

再びリビングに戻ってきた僕たち。

次なる場所に移動するべく、冷蔵庫の前に立つ。


：サクたんどうしたん？

：飲み物か？

：サクたんの冷蔵庫の中見たいナ！

：→おじさん帰ってください

：移動するんじゃなかったんかいな

僕の冷蔵庫は、下の段が冷凍室だった。

「防寒対策したし……それじゃ、レッツゴー！」

僕はピョンッとジャンプし、引き出した冷凍室に飛び込む。

足元だけ入る……ということはなく、全身がすっぽり入っていく。

「冷蔵庫まで亜空間にするとはやるのう～！　とうっ！」

「……クソが、胸がつっかえて入れねぇ……。おいクソ馬、とっとと元の体に戻しやがれ」

『ブルルル～♪』

「うぜぇ……」

：冷蔵庫に入ってったｗｗｗ
：とんでもハウスで草
：どうなってんだよサクたんの家！！？
：わァ、冷凍庫にたくさん入れられるねー（）
：顎のストック切れた。誰かよこせ
：駆動ちゃんさっきからエッなのやめてくれ
：助かる！（迫真）

：ユニコーンまじでありがとう
：ずっとそのままでいてくれｗ
：美しい、これ以上の芸術作品は存在しえないでしょう……

冷凍室を抜けると、氷雪ゾーンに移動した。

駆動さんが降りるのにすごい時間かかってたけど、何をしてたのだろうか……。

「………クソ寒ぃ」

「そんなに胸元を開けておるからじゃろうに。駄肉をしまわんか阿呆！」

「開けてねぇとキツイんだよ……。さっきのクソ馬に元に戻すよう言いやがれ、まな板狐……」

「なっ、なんじゃとーー!?」

「もー、二人とも喧嘩はダメだよー？」

冷凍室の中は一面銀世界が広がっており、しんしんと雪が降っている。

氷山や氷海、雪原が見えていた。

：BANされそうで怖いｗ
：駆動ちゃんダメじゃないか……♡
：そろそろ戻さないと変態どもが群がってくるぞ！
：にしても、冷凍室にこれがあんのかｗｗ

：夏は最高じゃんね
：地面にバナナ刺さってない？？ｗｗ
：見ているこっちが寒いよ～！＞＜
：チビペンギンめっちゃいるじゃん！！！
：かわわわわわわ
あまみやch：グハッ……
：あまみやちゃんがタヒんだ！ｗ

この冷凍室内の空間には、数百匹の手乗りサイズのペンギン……もとい、ベイブペンギンたちがペタペタと歩いている。

この前連れて帰った尨大蛸《クラーケン》は寒いところが好きだったらしく、この氷海に連れてきているのでそこから手を振っていた。

「どの子から紹介してほしいですかー？」

：どれから聞いても怖いんですけど……
：どーせぶっ壊れｗ
：じゃあそのカメ（？）から

リスナーさんが選んだのは、数匹集まってきているカメさんだ。

甲羅《こうら》は雪の結晶型で、各々結晶の形が違っており個性がある。肌は真っ白で、目は空色をしている。

「これは〝フロストリクガメ〟じゃ。常に冷気を放って周囲を凍らせる以外、特にこれといったものは……あ、そうじゃ。たまに絶対零度の欠伸《あくび》をするから注意じゃな」

「頭撫でるとよくあくびするよね～」

『……♪』

：おいバカ、撫でるなｗｗ
：その物騒な説明聞いてなぜ欠伸をさせようとする!？!？
：凍らせるだけで十分すごいんよｗ
：甲羅めっちゃ可愛いな
：こんな極限の状態で生きてんのすげー……
あまみやch：ちょっと待って待って。そのもふもふのめちゃカワなアザラシは何!？!？!？

コメント欄を見ていると、突如としてリスナーさんたちに紛れていた天宮城さんが叫んでいるのが見えた。

『キュー？　キュウ!!』

「この子ですか？　この子は最近生まれたばかりの子ですね！」

のそのそと近づき、僕が腕を広げると、そこにダイブしてくるアザラシの赤ちゃん。バニラ色の産毛《うぶげ》が生えておりもっふもふなので、天宮城さんが咆哮《ほうこう》するのが目に浮かぶ。

「〝緩衝海豹《カンショウアザラシ》〟。クッションアザラシとも呼ばれておるな。いかなる攻撃も吸収し、それを蓄え、一気に咆哮とともに放つことができるアザラシじゃ。弾力が最高で人の子をダメにするの～」

「クッション……クソ欲しい。サクたん、俺にくれ」

「いくら駆動さんでもダメでーす」

「……クソぅ……」

『キュ～』

：やばい、可愛すぎておかしくなりそうｗ
：このままだと俺、あまみやちゃんになっちまう……！！！
：→その時は俺が殺してやるよ
：衝撃吸収＋それを放出って強強じゃね
：駆動ちゃん落ち込んでて草
あまみやch：ヤバイ。アザラシちゃん可愛すぎて……どうなっても知らないわよ……？
：あまみやちゃん怖いんだがｗｗ
：てか待て、幻獣って繁殖すんの……？

：噂ではあったけどこれで確証になったｗｗ
：はい、やらかしやらかし

そうこうしていると、この子の親もやってきた。

親は自動車くらいの大きさで丸々としている。その体形のせいなのか、ゴロゴロと転がって移動していた。

駆動さんはどうやらダラダラしたい時用にこの子たちを欲しいらしく、珍しく目を輝かせている。

「……はっ。あー……そんじゃ、例のごとく強いやつを紹介してくれると助かる……」

「調査ですからね、わかりました！　そうですねぇ……ここで強い子はあの子かな？」

アザラシ一家やカメたちと別れを告げ、少し場所を移動した。

道中、氷山を背負うビル並みの大きさのヤドカリや真っ白なティラノサウルスなどがいたが、一旦説明はなしだ。

：気になる幻獣多すぎィ……
：解説くれよォォーー！ｗ
：解説役「クールに去るぜェ……」
：掲示板で誰か書いてくれるやろ！
：他力本願寺住職しかいねぇ

＃＃＃

移動先は氷海で、尨大蛸《クラーケン》が喜んで触手を振り回しているが、あの子ではない。

「あ、もう待っててくれたんだね、スピア」

氷海から顔だけ出していた子は、僕を見つけて陸にジャンプした。

その子はアザラシのような体形なのだが、頭の先から伸びる一本のツノのようなものが特徴的だ。

「あんま強そうには見えねぇが……」

「ふっふっふ……この子は器用ですから、色々できますよ！」

「そうじゃぞ間抜け」

「あぁ……？」

また喧嘩になりそうだったが、なんとか阻止して説明をしてもらう。

「これは〝穿骨一角《センコツイッカク》〟であり、海中装甲戦闘機とも呼ばれておるぞ！」

「戦闘機ぃ……？」

「うむ、この幻獣は〝骨〟を生成し、自分にまとうことで防御形態になることができる。頭が良い故、千変万化するぞ。さらに極めつけはアレじゃな」

「そうだね。スピア、アレ見たいな～？」

『！』

――シュルシュル……ドンッッ！！！

近くにあった大きな氷山めがけて、自分のツノを発射した。

氷山にはぽっかりと穴が開いている。その光景が、ツノの威力がどれほどだったかを物語っている。

：ファーーｗｗｗｗ

：威力強すぎィ！

：カッコよすぎんだろｗ

：どういう原理なんだ……？

：→幻獣に原理を求めるな。無駄無駄ァ！

：骨の装甲にパイルバンカーｗｗ

：男　の　ロ　マ　ン

：ダンジョン攻略でスピアをぜひ呼んでほしいｗ

：戦闘シーン待ちきれねぇよ

「通常のイッカクとは違い、一本の牙を何度も再生でき、発射できるのじゃ！」

「確かに……臨機応変に立ち回れるコイツァ厄介そうだな。よし、満足だ。早く戻るぞ。ずびっ」

「あはは、鼻水垂れてますよ？」

「寒゛い」

駆動さんがそろそろ限界そうなので、この極寒ゾーンもとい冷凍室をあとにすることにした。

＃＃＃

冷凍室から抜け出し、毛布で駆動さんを包んだあと、次のゾーンへと移動する。

次に行く場所は暑いため、五匹のベイブペンギンたちも一緒だ。

家の中を少し歩き、一つの扉の前まで行き、そこを開ける。

「……今度はクソ暑《あち》ぃじゃねぇか……」

「冷えた体に効きますよね！」

「サウナ配信でもしようとしておるのか？」

：マグマゾーン来たーー！
：あの時の配信の伏線回収されたなｗ
：これは確かにマグマの部屋だな
：ダンジョンと同化ってすげぇんだなｗｗ
：火事にならない？　大丈夫？
：リア凸する間抜けな奴はここで焼けるんだぁ……

：サクたんの家終わってる（褒め言葉）

マグマの部屋は、他の部屋と比べると見るからにペットの数が少ない。なので、この前の赫岩《カクガン》龍《リュウ》は喜んでこの部屋に入った。

部屋に入るや否や、とてつもない熱風が僕たちを襲う。ただ、ペンギンたちが防いでいるから少し涼しくなっているので、そこまで苦ではない。

『グルルァア』

「グラン、元気？」

『グァ！』

赫岩龍《カクガンリュウ》のグランは嬉しそうに尻尾を振り、ベチベチと地面を叩いて揺らしている。

「あー……これは俺でも知ってる幻獣だな」

「それなりに有名じゃからのう。……というか貴様、露出が多いぞ。癪《しゃく》に触る」

「暑いんだよ……。つーか尻尾燃えてるけど大丈夫なのか？」

「む？　ぬわぁーーっ！？！？」

楽しそうに騒いでいる二人だが、それを聞きつけてなのか、たくさんの鳥たちが集まってきた。

野球ボールくらいの大きさで、ふっくらとしている黒い羽毛に包まれ、つぶらな瞳を持つ小鳥だ。

：可愛い……（消滅）

：これも幻獣なんですか⁉ｗ
：黒いシマエナガやんけ！
あまみやch：我慢できない今から向かうわ
：まずい、あまみやちゃんが向かった。逃げろｗｗ
：案件の仕事中じゃなかったっけ？ｗ
：クロコたん尻尾燃えててそれどころじゃねぇな
：ザ・不憫枠

「うぅ……儂の尻尾の先端がチリチリになってしまった……」

「クロコ、説明お願い！」

「はいはい、わかったぞ。えー、これは〝カザンエナガ〟じゃ。危険を感じると自爆するが、自分たちは全く傷つかないから問題ないぞ。しかも、一匹が爆発すれば連鎖するのが危険じゃの～」

『ピッ』

『ピピピ』

『ピ？』

両肩や頭に乗り、首を傾げながら囀《さえず》っている。

頬にぴったりとくっついてもふもふを感じられるが、ここで爆発されたら普通に死んじゃうな～

と、心の中で笑った。

……なぜだか、天宮城さんの〝圧《プレッシャー》〟が伝わってきた……。怖いなぁ。

：エナガはダメだよ……可愛すぎる……
：海外ニキが羨ましがってるくらいだもんなw
：一匹ください
：→黒焦げの貴様の姿が目に浮かぶぞw
：さっきからあまみやちゃんの音沙汰がないの恐怖
：迫りくるあまみや……ヒエッ
：あまみや「モフモフ……♠」

リスナーさんたちも不穏な空気を感じ取っているみたいだが、今は配信に集中しよう。

次のペットを探しに行こうとしていたのだが、どうやらあっちから迎えに来てくれているみたいだ。

奥のマグマの海がどんどんこちらに侵食し始め、寸前でそのマグマの中から巨体が現れる。

「熱ッッついのじゃ〜〜っっ！！！」

「そんなに前に出てるからでしょー？」

「クソ暑い……もう一枚脱ぐか……」

その巨体は漆黒の肌をしており、背中あたりからマグマを噴出しているクジラだった。

「〝黒燎原鯨《コクリョウゲンクジラ》〟。マグマを泳ぐクジラじゃ。近くにある岩などを溶かしながら進み、泳ぎながらそれを食べるやつじゃな」

「岩食うのか……」

「美味しいのかなぁ」

「絶対やめるのじゃ」

：早まるなサクたんｗｗ
：ほら、バナナあげるから、ね？
：バナナで釣れるとでも……いや、釣れるなぁ
：にしてもデケーな
：マグマゾーンの幻獣は災害そのものじゃね？ｗ
：エナガちゃんだけが癒し
：ってか駆動さんの服装エグいてぇ！！！
：配信大丈夫か？ｗｗ

このマグマゾーンの中だったら、この子かグランが一番強いだろうし、ここも終わりでいいだろう。

駆動さんはもうお終いにしたいらしいけど、まだまだ紹介しきれてないからクロコと二人で家を回ろうかなぁ！

そう思い、一瞬コメント欄に目を向けたのだが、そこに変な文字があった。

——規約違反を検知しました。配信を停止します。ペナルティとして一週間の配信停止が課されます。


「………………えっ？」

マグマが周りにあるなか、僕はピシャリと固まって動かなくなる。理解できずにいたので、クロコに助けを求めた。

「ク、クロコ、何これ!?　配信止まっちゃった！！！」

「うぅむ……配信中に映してはならないものが映り込んだっぽいのう。いったい何が………あっ」

「……あ？　何見てんだ」

クロコの目線の先には、もはや服とは言えず、下着姿になっている駆動さんがいた。

配信が止まった理由がはっきりわかる。

「駆動さんなんて格好してるんですか!?」

「え、暑いからだろうが……」

「それのせいで配信が停止されちゃったんですーー！　一週間も配信できなくなっちゃいましたよ！！？」

「わ、悪かったよ……帰ったらそのダンチューブとやらの会社にお願いしてみるから……。いや、俺じゃなくて馬が悪いんじゃねぇか……？」

「責任転嫁はよくないぞ。悔い改めるがよいわ！」

「クソ……」


こうして、強制的にペット紹介配信は終わりを告げ、一週間配信ができない状況に置かれてしまったのだが、駆動さんの説得と初回の事故ということで、三日間に減らしてもらえた。

ちなみにお詫びとして、駆動さんは追加でお菓子とバナナを送ってくれるらしい。許してあげた。

第24話

——愛知県某所。

とあるSランクダンジョン内で、怪しい人影が見えていた。

「……さて、そんじゃあ始めるか」

「東京都と愛知県で同時に引き起こすって……二つのダンジョン、俺たちのクランが攻略進めてるから怪しまれないっすか？」

「だいたいなぁ、ここ十七年間で日本に大氾濫《スタンピード》が起きてない方が怪しいっつーの」

探索者クラン——〝シャドウファング〟。

探索者が集い、協力してダンジョン攻略をしたりなどするクランのなかでも、日本上位で上澄《うわず》みの集団である。

そんな彼らは、人為的に大氾濫《スタンピード》を引き起こそうとしていた。

「あのXランクの化け物は多忙で問題ないと考える。東京で駆動ゼロを足止めさせれば、この愛知県が落ちるのは確定だな……！」

「この県はヤバイダンジョンや美味いダンジョンが多いですし、落とせればウマウマってわけっすね」

「ああ。しかも、たとえ探索者が集まろうが、ここは深層七階。裏ルートを使わなければ、誰も到達できやしない。駆動が来たとて、深層は異世界そのもの。突破は最速だろうと時間を要するだろう」

彼らは、今までに咲太に害をなそうとした者たちとは比べ物にならないほど慎重で、狡猾《こうかつ》な動きをしていた。

男は箱の中から鼓動する一つの球体を取り出し、広い空間に投げ込んだ。

「さぁ――〝悪夢《ナイトメア》〟の始まりだ……！！！」

＃　＃　＃

自分の家でペット紹介配信をしたあとの三日間、僕、咲太は普通に学校に通い、代わり映えのしない日常を過ごしていた。

涼牙は相変わらず趣味を転々とさせていたが、今日はお仕事で学校に来ていない。

放課後、ようやく配信停止期間が終了した僕は、近くにあったEランクダンジョンの入り口で配信をスタートさせる。

「皆さん久しぶりです！　やっと停止が解除されました～～！！！」

：待　っ　て　た
：シャバの配信は美味いぜェ～ッ！！！
：ハァハァ……もうサクたんの配信なしじゃ生きてけないよ……
：短くなってよかったねｗ
：エ○だめよ（笑）
：駆動ちゃんさぁ……
：駆動さん男に戻っててちょっと萎えたｗ
：やっと元に戻ったかー

チャンネル登録数は２４０万人を超え、同接数も20万人を超えており、ものすごい有名になってしまった感があった。

もうなかなか実感が湧かないし、少し慣れてきたのであまり緊張はない。

：今日は何すんのさ？

「はい、今日は気ままにEランクダンジョンを探索しようかなーと思ってます！　コラボやらなんやらで忙しかったですし、初心に帰ってみます」

：初心かぁ……初心（イレギュラーの魔物撃退）かぁｗ
：サク民の顎外し技術は相当鍛えられたよ
：ゴブリンダンジョンでもやらかした男の娘だ、今回も何かしでかすに決まっている
：やらかしは定期なんだよねｗｗ
：世界を獲る日は近い……
：期待してるよ、サクたんｗ

何も考えず、早速ダンジョンの奥に進もうとしたその瞬間だった。

――ウー！　ウー！　ウー！　ウー！

「え、な、なになに！！？」

大氾濫《スタンピード》が発生しました。近隣にいる方は直《ただ》ちに避難してください。推定脅威レベルS、深層七階からの発生とされる模様。繰り返します、直ちに避難を――

「すたん、ぴーど……？」

突然スマホから警報音が鳴り、避難するように警告し続けている。

聞き慣れない単語が聞こえたし、いきなりのことで僕は全く状況が理解できていなかった。

：ふぁっ⁉

：まじかよ……

：何十年ぶりだ⁉

：ニュースえぐいえぐい

：東京と愛知で発生したらしいぞ！

：サクたん逃げて

：本当にやばいから逃げた方がいい！

：被害えぐそうだな……

：とにかく逃げろ、本当に、まじで

大氾濫《スタンピード》……確か、ダンジョンから魔物が一気に出てくる災害……とかだったっけ？

僕が生まれてから一回も起きてないから、全然実感が湧かない。

しかし、コメント欄の異常な焦りようと、このダンジョン内にも聞こえてくる、外からの警報音から、その異常さがひしひしと伝わってきた。

「行かなきゃ……！」

：そう、逃げるんや
：ん？　逃げるん……だよな？
：サクたんが走ってる方って避難してる方向と逆じゃね⁉
：ワンチャンサクたんなら……
：さすがにやばいって

混乱と絶望で満たされた人の流れに逆らいながら、発生源と思われるダンジョンに向かって僕は走った。

配信用のカメラを止めることを忘れるくらい無我夢中になって走った先には、嫌な光景が広がっていた。

魔物たちがどんどんと押し寄せ、家を破壊し、無防備な人に今にも襲いかかろうとしている。

ダンジョン内でいつも、優しく僕に接してくれる魔物たちの姿は見つからない。

：ひっでぇ……

：まだ死傷者はほぼいないな

：Sランクは本当にやばいよ

：東京は駆動さんがなんとかしてくれてるらしい

：ここは被害もっと広がりそうだな……

：そうやん、魔物って怖いんよな

「みんな……」

そんな姿を見て僕は、ただただ冷たい声で単純な疑問を投げかけた。

「――みんな、何してるの」

――ピタッ。

か細い声だった。

なのに、ここにいる全ての魔物と、住民が動きを止める。

正気を失っているように見えた魔物の一部はダラダラと汗を流し、他の一部は違和感を覚えたように動きを止めた。

応えてくれない魔物たちは一旦放っておき、近くで倒れていた小さい子供に話しかける。

「大丈夫？」

「う、ぁ……う、うん……でも、でもおかあさんが……!!」

「っ……！　来て──黄泉蜘蛛《ヨミグモ》・ワタガシ」

『シュ～ッ！！！』

鍵でワタガシを呼び出し、子供の側で倒れていた女性を蘇生させる。

「う、うん……？」

「ぁ……お、おかあさん！　おかあさん！！！」

それから僕は、ワタガシに他に倒れている人の元に向かうように伝えると、魔物の大群の中心まで歩いた。

僕は魔物たちに呼びかける。

「……みんな混乱してたんだね。でも人を傷つけちゃったよねぇ」

『『『『……………』』』』

「あはは、もちろん怒ってるよ？　でも、これ以上被害を増やすような悪い魔物さんたちを倒してくれたら……許してあげる」

『……グァ』

『グガガ』

『グァァアーー！！！！』

まだ混乱している魔物たちが暴れ始めたが……しかし同時に、そうした魔物たちを殴って止める魔物が複数現れた。
そして始まったのは、魔物同士の殺し合いだ。

：ファーーーｗｗｗｗ
：大氾濫《スタンピード》中の魔物を説得して同士討ちさせてる⁉
：えぐいえぐい！
：サクたん怖すぎて草も生えぬ
：魔王☆降臨
：【定期】ＷＤＯはサクたんをＸランクにしやがれください
：カ　オ　ス
：蠱毒《こどく》かよｗｗ
：サクたんえぐすぎるってｗｗ
：サクたん人類の味方でよかったーーー！

でも、これだけじゃ終わりそうにないんだよね……。だったらまぁ、やることは決まったかな。
——止めに行こう。

＃＃＃

それからしばらく経った。

地上に侵攻していた魔物たちはほぼ全滅し、あとは僕の声がきちんと届く子たちだけなので、今は一旦落ち着いたと言えるだろう。

：やw　りw　やw　がw　っw　たw
：世界で怒らせてはならない人にランクインッ！
：もうサクたんだけで解決できるやろw
：いや、でも波があるからなぁ……
：大氾濫《スタンピード》中ダンジョン内にある〝ネオダンジョンコア〟を破壊しなきゃ、そのコアの魔力がなくなんない限り侵攻してくるぞ
：耐久戦になるってことか……

リスナーさんは僕に対して何やら勘違いをしているが、いい話を聞けた。

今回の大氾濫《スタンピード》は深層七階からと聞いたし、そこにネオダンジョンコアというものがあるのだろう。

僕は歩を進め、ダンジョン内に入った。

：ちょ、サクたん！！？

：危ないから戻りなさい！

：行くつもりなら止めるぞ

：深層からの大氾濫《スタンピード》はマジでやばいからな？

：無理しないで（；；）

「……本当にやばくなったら引き返します。黙って指くわえて見てるとか無理なので。それに、僕は絶対死なないのでだいじょ～ぶです!!」

カメラに向かってピースをし、さらにダンジョンの奥へ入る。

決して楽観的に考えているわけではない。舐めてダンジョン内に入ったわけではないし、いざとなったら戦線離脱するつもりだ。

：わかった。サクたんを信じるぜ

：深層配信者とかいないからガチでやばいぞw

：これから映るもの全てがクッソ価値あるものになるかもな

：配信は止めないみたいやな

カメラもさすがに止めようと思ったが、いかんせんダンジョンや魔物にまだそこまで詳しくないので、リスナーさんたちに教えてもらいながら進むことにした。

「おぉ……おっきい穴が空いてますね！」

地面にはポッカリと穴が空き、底が見えないほど奥深くまで筒抜けになっているようだった。

「さて……それじゃあ止めに行こっか。リスナーさんたち、僕だけじゃきっと勝てません。なので力を貸してください！」

：心配だけど、う゛ー……わ゛か゛っ゛た゛！！！！

：情報伝達と収集なら俺らに任せろ

：サク民で愛知県救うぞオラァ！

：なんとかなれぇえええ!!

：止めても行くんでしょ？　なら、全力で信じる

：止める奴はうるせェ！　行こう！（ドンッ）

「それじゃあ——レッツゴー！！！」

僕は大氾濫《スタンピード》を止めるべく、底が見えない大穴に向かってピョンッと飛び込んだ。

＃　＃　＃

「…………勢いで飛び込んだんですけど、落下耐性とかないから普通に死んじゃいます！　みんな助けてぇ～～っ！！？」

：何やってんだお前《め》ェ！！！！ｗｗ

：台　無　し

：これこそサクたんクオリティーだｗ

：どんだけ落ち続けるんだよ⁉

：ふっか

：ドドドドウスル！！？

：緩衝海豹《カンショウアザラシ》で衝撃吸収せい！

落ち続けて浮遊感が強くなったが、本当に死にそうなのでリスナーさんたちに助けを求めた。

「あ、アザラシちゃん！　わかりました‼」

右腕に力を込め、鍵を生成した瞬間だった。一気に視界が広がり、とてつもなく大きな空間と地面が見えてきた。

そしてそこには、巨大で真っ赤な鱗を持つトカゲ……ではなく、ドラゴンがこちらに向かって口を大きく開けていた。

「っ⁉　来て！　――緩衝海豹《カンショウアザラシ》‼」

――ゴオオオオッツ！！！

ドラゴンが口から豪炎を放ち、一瞬にして僕は炎に包まれた。

「――……ぷはっ‼　死ぬかと思った……」

呼び出したアザラシちゃんは、炎がやってくる直前に大きな体で僕を包み込み、炎と落下の衝撃を吸収した。

……間一髪で回避したけれど、出鼻を挫《くじ》かれるかと思った。

『グルルル……』

「初配信で会った子と似てますね……？」

：それは〝エンシェントレッドドラゴン〟だぞ！
：レッドドラゴンの上位互換で、火力とか鱗の硬さが桁違いだったはず
：確かこのダンジョンだったら、深層一階のボスだったくね⁉
：落ちすぎて草
：ショートカットだね、ｻｯﾀｰ（）
：相当強いぞこのドラゴン……
：どうするサクたん

水を使う……それとも氷かな……。いや、この程度だったら大丈夫かな。

「あの子相手には考えるのやめます。火力勝負をします！」

：え？

：歯？

：ぱ、パードゥン……？

：【悲報】サクたんは、考えるのをやめた

：何しでかすつもりだｗｗ

：切り抜き隊、準備完了でありまする

：鱗はダイヤモンドより硬いらしいぞ！　よしておくんなましっ！

右腕に力を込め、新たな幻獣を呼び出す。

「おいで。蠢《うごめ》く活火山――赫岩龍《カクガンリュウ》・グラン」

『グルルァア……！！！』

グランを呼び出すと、周囲の気温はさらにぐんっと上がった。お互い睨み合い、相手の様子を窺《うかが》っているようだ。

『『――――ッ！！！！』』

だが、ついにドラゴンは再び口を大きく開けて炎を放つ。グランも負けじと炎を放ち、お互い譲り合わない状況になった。

：熱つつつつつ！！！！

：見てるだけで熱いわｗｗ

：緩衝海豹《カンショウアザラシ》に包まれるサクたん可愛い……

：家で見てて動いてないのに熱いよ～！

：でもこのまま粘り勝つつもりか？

：そう見えるな

：文字通りに火力勝負かｗｗ

「みんなグランの説明覚えてないですね～。あれは前座みたいなものですよ？」

赫岩龍《カクガンリュウ》。自身の体に生成される溶岩を体温で溶かし、それを放つ幻獣。だが、周囲の気温が異常なほど高ければ、その過程を大幅にスキップできる！

「グラン！　マグマビームやっちゃって！！！」

グランの尻尾の先端が紅く輝くと、どんどんその輝きが伝達していき、とうとう口元まで迫った。

そして一瞬口を閉じて溜め、マグマのビームを放った。

——ゴゴゴゴ……ゴォォオオオオッツ！！！！

『ガ、ァア！！？』

たじろぐドラゴンだが、炎よりもマグマの威力が強い。

マグマのビームは時間が経つにつれて一回り、二回りと、どんどん太くなって威力が増していく。

そしてとうとうドラゴンの炎は消え失せ、マグマの海に浸されたドラゴンは爆発四散した。

「やった、倒しましたよ！　……あ、あれ？　コメントが流れてない……もしかして壊れちゃった⁉」

コメント欄が微動だにしなくなっている。

熱さで壊れてしまったのだろうかと考えていると、息を吹き返したかのようにドバッと流れ始めた。

：やべえええええええええええｗｗｗ

：熱すぎぃ！

：炎耐性あるレッドドラゴンを熱で溶かしやがったｗｗ

：それに耐えるアザラシちゃんも大概

：サクたんとこのカメラはアザラシちゃんのおかげで守られた……

：幻獣えぐぅｗ

：【￥50000】ＧＧ……とは言えないほど一方的でしたわ～！ｗ

：【¥25000】サクたんには攻略無理とか思ってすみませんでしたorz
：なんだァこの化け物w

「よし、それじゃあこの調子で進んでいきます！！！」

グランは鍵で家に戻し、先へと進む。

深層一階ボス・エンシェントレッドドラゴン——撃破。

第25話

「あ……ぇ、ど、同接数200万人……！！？」

無事に一階のボスを倒して、深層を歩き続けていたその時、ふと確認するとそんな数字が目に飛び込んできた。

：おー
：88888888
：おめでとう！
：感慨深いねぇ
：※深層配信は前例にありませんw

：そりゃあ注目集まるよなぁ……
：海外ニキネキも見てるっぽいなｗｗ
：海を越えてサクたんの魅力が伝わっちまうなァ！
：この子本当に深層にいんの⁉
：やばすぎ
：魔物近くにいるけど大丈夫なのかよ！！？
：この少女は何者なんだい？（英語）
翻訳マン：：→言っておくがサクたんは男だぜ！（英語）
：オーマイガー。さすがはアニメ国家日本だ……（英語）
：サクたんの性別で早速困惑してて草
：ＴＳもののアニメも海外で流行ってたしねｗ

「あばばばば……」

いつも以上にコメントの流れが速いし、英語のコメントも多数見つかる。まだ１００万人という数字すら見たことなかったのに、いきなり倍の２００万という数字でくらっとした。

と、とりあえず一旦お礼をしておいた方がいいのだろうか⁉

「あ、え、えっと、ありがとうございます！　みんなも一緒にありがとうして！」

『『『『@^グ2(4♪!?!?』』』』

攻略中に出会ってパーティーメンバーになった魔物たちにもお願いをし、リスナーさんたちに感謝を伝えてもらったが、雑音のような音声にコメント欄が荒れる。

：耳がちぎれるゥーーッ！
：どういたしまして^^
：魔物たちにも言わせててクソワロタｗｗ
：言ってた……のか……？
：初見、そして海外ニキネキよ、これがサクたんだ
：えっ……えぇ……（初見困惑）
：頭お花畑の子かと思ったらやばい能力持ってたｗｗｗ
：魔物まで手懐けているとは顎が外れたよ！（英語）

ついてきている魔物たちは、一番最初に出会った普通のレッドドラゴンや、青や黄など色とりどりのドラゴンたち。
そして、人型の岩……ゴーレムというのだろうか？　その子たちがついてきている。

：うーん大所帯ｗｗ
：歩きづらそう

：広いはずの深層の空間が狭く見えっぞ⁉

：錯覚「バリバリ働くで〜！」

：裏ルートとか使えば、魔物たちとエンカウントしないし最短で着けるのでは？

「裏ルート……確かにこの子たちに聞けば行けるかもしれませんね。けど、いつ大氾濫《スタンピード》が再開するかわからないですし、できる限り側にいてくれた方が外に出る魔物たちが減るんじゃないかなぁって思ったので！」

：ぐぬぅ確かに

：理にかなったこと言うねぇ

：何も考えてなさそうな顔してちゃんと考えてるなｗｗ

：時々サクたん「ﾊﾞﾅﾅ‼」って言いながらアホ面するしなぁ……

：アホ顔で本当にアホに見られてるかｗ

：→さっきバッグから取り出したバナナ食ってたのもあると思うぞ（笑）

：初期から配信見てきたけど、普通に頭良さそうだからね

：オーマイガー！　ダイヤモンドゴーレムまで味方してるよ！（英語）

：ほぼ全てAかSランクの魔物だらけだ。私たちはサクタンに勝てないよｗ（英語）

：極上バナナを送りまくって友好を結ぼう（英語）

同接数２００万人超えという驚くべき数字のなか、今までにないほどの緊張を味わった。

大勢のリスナー、そして魔物たちに囲まれながら、急ぎ足で奥へ奥へと進み始める。

＃＃＃

早足で歩き続けること数分、再び巨大な空間もとい、ボス部屋へとたどり着いた。

地面には大量のスクラップや機械が散らばっており、歩くのが少し厄介だ。

「なんかさっきより広い気がしますね！」

：な〜んで迷わず一直線で行けんのｗｗｗ
：魔物《ＳＰ》たちのおかげやね
：止まらないサクたんＢＢ
：→助かる。でも使わない
：今度のボスはなんなんだ？
：ワクワクしている自分がいるよ！（英語）
：深層二階は何がいるんだろうな
：ここの探索進めてるシャドウファングがまッッたく情報売らねぇから、わかっても名前くらい

なんよ
：シャドウファングくそだな
：で、ワッツネーム？
：〝ゴーレム・エクス・マキナ〟だ……！

——ギ、ギギギ、ゴゴゴゴゴ……！！！！

スクラップや機械が突然隆起し始めたかと思えば、みるみる姿形を変えて最終的には人型へと変化する。

100メートルは余裕で超えてそうなほど大きく、大きさだけで圧倒された。

：弱点はなんなんだ⁉
：「弱点情報・無し」。ざけんなシャドウファングゥ！！！！
：どうすんだこれｗｗ
：デカすぎんだろ……
：さすがにこの子でも終わったっぽい……？
：撤退必要か
：ファイトだサクタン！　必ず勝ち筋はある！（英語）
：こんな兵器がダンジョン内にあるだなんて……（英語）

「そうだねぇ……とにかくまずは様子見します。目には目を、歯に歯を、おっきい子にはおっきい子を!!」

右腕に力を込め、鍵を召喚する。

そして、あの子を呼び出す。

「来て。山の神――大太法師《ダイダラボッチ》・ヤマト!!」

人型で巨大という特徴を持っているヤマトを鍵で呼び出したのだ。

さぁ……巨人同士のバトルの始まりだ。

第26話

大太法師《ダイダラボッチ》のヤマトですら入りきるほど巨大な空間で、機械のゴーレムと対峙する。

ヤマトの足元からはすでに植物が生い茂り始めており、人工物と自然物の境界が曖昧《あいまい》になり始めていた。

：うぉおおおおおおおおおお！！！！
：デカすぎんだろ……（二匹目）
：ゴ○ラ対メカ○ジラかよｗｗ

：叡智《えいち》の結晶　VS　自然の憤怒《ふんぬ》
：アリん子視点だなｗ
：サクたん最強！　サクたん最強！
：当たり前のように幻獣を呼び出せるのイかれてるｗｗ　チャンネル登録したわ
：うぉー！　ジャパニーズヨウカイだね⁉（英語）
：これは偽動画だ。そ、そうに決まってる……（英語）
翻訳マン：→残念だが全て生配信で加工ゼロだぞ（英語）
：日本はいつからこんな化け物を量産するようになったんだ……（英語）

――ギ、ギギギ……ゴォッ！！！

そうこうしているうちに、ゴーレムとヤマトはお互い拳を握り、それを振るってぶつけ合う。

轟音が鳴り響き、その一振りだけで突風がこの空間に吹き荒れた。

「うわぁぁあ！！？」

油断したら吹き飛ばされそうになるほどで、物陰で見ているのが精一杯だ。

一緒に来ていたドラゴンたちやゴーレムたちはこの一撃で吹き飛ばされてしまい、ほとんど素材へと変化してしまう。

『ゴゴゴ、ギギゴゴ……！！！』

『……‼』

一撃一撃でダンジョンが揺れるほどの殴り合いをしていたのだが、不意にゴーレムが違う行動を見せた。

背中に積んでいた機械の一つから、ミサイルを発射したのだ。

：敵だけどカッコいいなこいつ……
：クソデカロボからミサイルとか、嫌いな男子はいないんだよねw
：山じゃないから祟《たた》りが発動しないんか！
：あれ……普通にピンチですか？
：根性見せぇ大妖怪ィ!!

ヤマトは何十発と放たれたミサイルをもろに受け、少し後退する。

その隙を見逃すことなく追撃を仕掛けようとゴーレムはさらにミサイルを発射し、殴りかかろうとしたのだが……。

ギチギチと音を立て、体が言うことを聞かない様子だ。

体の隙間から樹木が生え始めており、それが絡まって動きが鈍くなる。

ヤマトは山の神である大太法師《ダイダラボッチ》。

それゆえに、木々の成長を促すことができるのだ。体に付着していた苗木を、殴ると同時に相手に付着させせ、それを急成長させせて動きを止めた。

「ヤマトー！　今がチャンスだよーー！！！」

『！！！！』

――ゴヴッ……ドゴォォオンッ！！！！

僕の掛け声でヤマトは再び拳を握りしめ、ゴーレムの腹部に現れた輝く球体めがけて腕を振るい、そのまま地面に叩きつけた。

：超　大　型　バ　ト　ル
：ガチでやりやがったｗｗｗ
：深層二階のボスまで倒したマ？？？
：サクたん、地上波テレビも独占しておりますｗ
：快挙だろこれ！！？
：こ～れ最速のクリアですｗ
：サクたん怖ぁ……
：今日から日本への見方を変える必要があるみたいだね……（英語）
：→ノーノー。サクたんを敬《うやま》うのが正解だよ（英語）
：私たちも叫ぼう。バナナサイコー！（英語）
：ヤマトの勝ちだ
：→あっ……

：サクたん待て！　形態変化がまだあるぞ！！！

「形態、変化……？」

パァッとした笑顔で喜びを分かち合おうとコメント欄に目を向けたのだが、不穏な四文字が目に入った。

その不安がやってきたぞと言わんばかりに、倒れたゴーレムの方からガチャガチャと音が鳴り始め、ついには炎が燃え盛る。

勢いよく立ち上がった姿は、先ほどとはまるで違う状態だった。

腕が六本に増え、体からは炎が燃え盛り、頭は特殊な形に変形している。

「え……カ、カッコいい！！！」

『……!?』

：一般人「う、嘘だろ……」サクたん「カ、カッコいい！」↑ｗｗｗ

：さすサク

：深層配信とは思えない発言だぁ……

：ヤマト君も思わずサクたん二度見してて草

：男のロマンだから仕方ないじゃんね？

：なぜ彼は目を輝かせているんだい……？（英語）

：サクタンはイかれてるよｗｗ（英語）
：ってかこの形態はなんなんや？
：形態の名前だけはシャドウファングが情報売ってたな。えっと確か――

――〝壊滅炎殻機械式《かいめつえんかくきかいしき》・擬似阿修羅《ぎじあしゅら》〟。

『ガガガガガッッ！！！！』
腕が三倍の本数というアドバンテージ、さらに炎をまとったことによって樹木の影響を完全消去、単純なスピードとパワーアップ……！
ヤマトもかろうじて食いつき、腕を引っこ抜いたりしているが、すぐに新たな腕を生成して無意味と化す。攻勢だったヤマトが押され始めた。

：やばいやばいやばい！
：もういい、ヤマト戻れ！
：クソゲーじゃねぇかよｗｗ
：戦略的撤退してもこれは誰も憎まんぞ
：サクたんコメ欄見てる……？

「…………。いや、なんとなくわかったかも」

リュックからとある糸を取り出し、それを近くに落ちていた何十個ものゴーレムたちの素材にくくりつけ始める。

「多分あのゴーレムの、本当の弱点は頭です！　あの巨体を維持するための回路が詰まってるんだと思います。さっきのお腹の球は、わざとそこを殴らせるためのブラフ！」

ゴーレムが体にまとっている機械やらスクラップやらは適当なのに、頭だけが妙に凝ったデザインをしているのも違和感だったしね。

・・・・

：え、そうなん？

：仮に本当だったら、ここの情報を独占していたシャドウファングの損失額だいぶ上がるぞｗｗｗ

：シャドウファングざまァｗｗｗ

：あ～飯うま～☆

：でもどうすんだよ⁉

「ドラゴン君、お願いしてもいいかな？」

『……グルァ♪』

「うん、良い子だね。じゃあ行こっか！」

飛んでくる瓦礫《がれき》から、翼で僕を守っていたこのレッドドラゴンにお願いし、僕は体に糸をくくりつけて背中に飛び乗る。

そして遥か数百メートルの頭、そのさらに上を目指して飛翔した。

ゴーレムはこちらにミサイルを飛ばしてくるが、生き生きとしているドラゴン君が全弾避けてくれる。

どうやら一番の脅威はヤマトと認識していて、他にはリソースをあまり割かないらしい。

「まぁでも、その判断が間違ってるんだけどねぇ！」

弱点の頭上に到着する。

ドラゴン一匹の体当たりなら耐えられると思っているのだろう。

けど、この素材が元に戻ったら同じことは言えるだろうか？

「蘇って、みんな！！！」

糸が黄金色に輝き、光に包まれる。

そして光の中から、何十台ものゴーレムが天から降り注ぐ。

——ドンッ！　ドガゴゴゴゴッッ！！！

素材に括りつけていた糸は黄泉蜘蛛《ヨミグモ》の糸だった。糸を握りながら念じたら、僕でも蘇りの効果が発揮されるということがわかっていたから使えたのだ。

頭上からのありえない衝撃。ＩＱが高いこのゴーレムならこちらを見て警戒するだろう。

けど、その一瞬でいい。

「今度こそは、決めちゃってね」

『————ッ！！！』

——ドッゴォオオオオオオオオンッッ！！！

ヤマトの渾身の一撃が顔面に直撃し、今度こそゴーレムは行動を停止して素材へと変化した。

：は

：ははっ

：探索者……やめよっかな

：強すぎるだろｗｗ

：うわぁぁあああああ！！！！

：勝ったああああ！

：やっぱ魔王じゃねぇか！？！？ｗ

：【￥５００００】第二層お疲れ代

：【￥１００００】もう止められねェよｗｗｗ

：頭も良いのズルいなぁｗ

：【￥２５０００】心配して損したよ。ＧＧ!!

深層二階ボス・ゴーレム・エクス・マキナ——撃破。

第27話

深層二階のボスを倒したあと、頑張ってもらったヤマトには労《ねぎら》いの言葉をかけて家へと戻してあげた。

……でもさっきのゴーレム、カッコよかったから連れて帰りたかったなぁ。ボスじゃなかったらよかったのに……。

深層二階を過ぎ、三階を歩き続けること数分。さすがに疲労がたまってきたので、一旦休憩することにした。

「はぁー……疲れたぁ～！」

：深層二階通り過ぎてこの元気さは異常ｗ

：ここまで来たら最後まで行ってほしいな

：サクたんなら行けるやろｗｗ

：サクたんが無事に帰ってきたら俺、結婚するんだぁ！

：→あっ……

：→オイオイこいつタヒんだわｗ

：じゃあみんなで結婚したら怖くないな！

：道連れすな。お断りだぜ
：無傷でここまで来れんのヤバすぎるｗｗ
：差し入れでも持っていきたいね（英語）
：→僕は君を止めないよ。いってらっしゃい^^（英語）

ダンジョン内はわかりやすく水場が増えていて、次の階層のボスがどんな感じなのか大体予想できている。

ボーッと作戦を考えながら一房のバナナから一本もぎ取り、もっさもっさと食べ始めた。

「そういえばですけど、今日はあまみやさんいませんね。幻獣見ていつも狂喜乱舞してるのに」

：狂喜乱舞ｗ
：まぁ間違ってはいなさそう……
：あまみやちゃんとは誰だい？（英語）
翻訳マン：：→もふもふアニマルを吸ってガンギマる残念美少女配信者だぜ！（英語）
：なるほど。クレイジーガールか（英語）
：【悲報】あまみやちゃん、海外ニキネキたちにクレイジーガールと思われるｗｗ
：事実伝えて何が悪い
：カメラの前でキメるのは良くないと思います！

：今現在、深層でバナナキメてるサクたんも大概w

：サクたん「ﾊﾞﾅﾅｵｲｼｲ!!」

そんなことを呟くや否や、ポケットに入れていたスマホが振動し始める。

「おぉ！　噂をすればなんとやらですね！　ってか電波あるんだ……。もしもし～、サクたんで――」

『あなた本当に何してるのよ！？！？』

天宮城《うぐしろ》さんの大声がキーーンと耳に響き、一瞬何も聞こえなくなった。

ど、どうやら声色からしてものすごく怒っているみたいだ。何かしでかしたっけ……さっきのボスを一撃で仕留めなかったこととかかな……？

「え、えっと。怒って、ます……？」

『当然よ！　一人で危ないことして……心配しながら配信見てたからコメントすらできなかったのよ！！！！』

「ご、ごめんなさい……バナナ一本あげるから許してください……」

『はぁ!?　食べるわよ！！！』

：あら～^^

：てぇてぇ♡

：てぇてぇ……のか？
：食べるんかいｗ
：バナナのくだりはなんなんですかね
：新手の凸待ち配信か？ｗｗ
：（誰もリア）凸（できない深層で）待ち（続ける）配信
：あまみやちゃん、サクたんのこと大好きやんｗ

危険な深層にいきなり潜り込んだことで怒っていたらしく、天宮城さんのあまりの勢いに、僕は自然と体勢が正座になってしまう。

担任の先生とは違うベクトルで怖いなぁ……。

『とにかく、絶対無事で帰ってくること』

「はい！」

『無事に帰ったらお説教だから』

「……ハイ……」

そう言い残し、天宮城さんは電話を切った。

：うん、妥当だ
：享受しろサクたんｗ

：諦《あきら》メロンパン
：あまみやちゃんの説教⁉　私も同行しよう
：お説教だけでもだいぶ特例
：ヒステリックジャパニーズガール怖いね（英語）

「僕は諦めてません！　お説教されたくないから何かいい策を探して回避してやります！！」

：ふぁっ⁉ｗｗ
：草
：盛ｗ　りｗ　上ｗ　がｗ　っｗ　てｗ　きｗ　たｗ
：確　率　変　動　突　入　！
：でもこれも見られてるから意味がないんじゃ……？
：あっ
：あーあｗｗ
：やらかし上手のサクたん
あまみやch：ピーマン料理であなたの帰還を祝うわね

コメント欄で天宮城さんから死刑宣告が下されてしまい、舞い上がっていた僕はそれを見て一瞬で真顔になる。
「…………。あははっ！　もうノンストップで深層七階までレッツゴー！　全部七階のやつのせいなので怒りをぶつけてきま～す！！！」

：七階ボス「⁉」
：ボスカワイソスｗｗ
：壊れちゃったｗ
：行け行けー！
：サクたんの理不尽な怒りが七階ボスを襲うッ！
：魔王の怒りを一身に受けて地獄に落ちてクレメンスｗ
：ピーマン嫌いな魔王草
：三～七階の怒涛《どとう》のボスラッシュ、はっじまっるよ～ｗｗ

深層の魔物たちに慰められつつ、内心ピーマン料理に恐れおののきながら奥へと進んだ。

＃　＃　＃

七階のボスに全力でヘイトを向けながらズンズン歩き続けること数分。

三階層のボス部屋へと到着したのだが……。
「うへぇ……やっぱり水中戦かぁ……」

：水中戦……ラギ○クルス……うっ、頭が！
：水中呼吸必須のクソボスじゃねぇかｗ
：通す気とかないんか？
：さすが深層だなぁ……（しみじみ）
：まぁでもサクたんならなんとかしてくれるだろう！ｗｗ
：言っておくけど、そっち（ボス）が挑戦者《チャレンジャー》だから
：ふぁいてぃーん！

目の前に広がるのは青黒い水面で、下で巨大な何かが遊泳しているのが見える。三階が水たまりやら魚系の魔物が多かったし、だいたい予想はつけられていた。
しばらくそこを見つめていると、巨大なヘビのような形をした青い魔物が跳ねる。

：これってリヴァイアサンじゃね⁉
：→正確には、ここのボスは〝メタモルリヴァイアサン〟やで
：相変わらず名前以外の情報がないのう！

：硬い鱗と水中の素早さが特徴やね。普通のリヴァイアサンは……

：どんどんボスの情報明らかにしてシャドウファングの損害額上げてこーぜ！！！

そのリヴァイアサンという名前らしい魔物は跳ねたあと、僕に向かって一直線に突撃しようと試みていた。

まぁここだったら、あの子のお披露目会でもしようかな！

「来て。海中装甲戦闘機――穿骨一角《センコツイッカク》・スピア！」

――シュルシュルル……ドンッッッ！！！！

召喚してすぐに状況を把握したスピアは、瞬時にツノを回転させて射出させる。

『グ、ガ、ァア……』

：ん？

：ふぇ？

：あ？　……あぁ⁉

：ファ――――wwww

：一　撃　必　殺

：強すぎで草

：幻獣TUEEEEEEEE！！？！？

：リヴァイアサン一撃で沈めやがったｗｗ
：硬い鱗……あれぇ？？？

スピアのツノの威力が強すぎたのか、リヴァイアサンは空中で胴体が二つに分かれる。そして再び青黒い水の中へと落ちていった。

けどなんというか……めちゃくちゃ呆気なく終わったなぁ……。本当にこれで終わりなのだろうか？

そんなことを考えていると、疑問に答えるかのごとく、静まり返っていた水面が揺れだし、そこから先ほどとは違うものが飛び出してくる。

「……なるほどー。さっきのは幼体、今はさなぎって感じなのかな？」

『オ、オ、オ……！！！』

うねうねとした先ほどの姿はなく、卵のような形をして下から水を噴射させていた。推進力や攻撃力が上がっていそうだ。

：なんだよもぉ定期
：また形態変化ですかｗｗ
：深層やばすぎんだろ……
：※深層には潜ってはいけません

：→知　っ　て　る

：こんな化け物だらけの巣窟には行かねぇぜw

息を止めて水の中を覗いてみると、さなぎ状態のリヴァイアサンは超高速移動で水中を駆け抜けていた。

けどこれくらいだったら、スピアの敵ではない。

「スピア、やっちゃって」

『！』

スピアはパキパキと骨を生成し、どんどんそれを体にまとわせていく。そしてあっという間に真っ白な戦闘機のような形へと変化し、水の中へ潜る。

僕はカメラを水中に突っ込んで、そこから動きを見ることにした。

『オオオオオ！！！！』

リヴァイアサンはスピアに気がついて逃げに徹している。体の下から水を放出、流線型でハイスピードなために目で追うのがやっとだ。

スピアは自身の骨を自由自在に動かしてリヴァイアサンのスピードに食いつき、羽を模した場所から小型の骨槍を放っている。

かろうじて避けることができているが、骨槍が攻撃の本命ではないことには気がつけないまま、決着がつきそうだった。

――グサッ！！！

『グオ、オォォ……！！？』

スピアの頭から放出された本命のツノが突き刺さる。それは細い骨で本体のスピアと繋がっており、逃がさないという意思がひしひしと伝わってくる。

：強スンギｗｗｗ
：【定期】サクたんナーフされろ　＆　Xランクになりやがれください
：陸海空制覇されそうなんすけど……ｗ
：逃げ場がねぇ！
：さすサク
：勝ったな。風呂にする？　ご飯にする？　それともタヒという名のきゅ・う・さ・い？♡
：→こんな新婚生活は嫌だ

糸でリヴァイアサンを手繰《たぐ》り寄せている間にもスピアはまた形態変化をし、翼のような部分が電鋸《でんのこ》の形になっていた。

『グ、オ、オォォ……！！？』

――キィィィィン……ギャリギャリギャリギャリギャリッッ！！！！

左右から高速回転する骨の電鋸によって、リヴァイアサンの硬い殻は削られ、最後には真っ二つになって海底へと沈んでいく。

「………。うーん、しぶといね」

僕がそう呟くと、水の水位がみるみる下がっていき、ついに底が見えてくる。

そして目の前には、成ったリヴァイアサンの姿があった。

：どんだけ出番あるんだよコイツｗｗ
：「勝った」は負けフラグ。はっきりわかんだね
：成体になった……ってコト⁉
：今のところボロカスにされてますが……ｗ
：でもさすがにイッカクくんじゃあ地上戦きつくね？

スピアでも地上戦は十分活躍できるだろう。けど、どうしても試してみたいことがあるから、もう一匹呼ぶとしよう。

「来て。殲滅の暴牛——ベヒーモス・フォルテ」

『ブモォオ！』

「じゃあ……スピア、フォルテ、こんなことをしてもらいたいなと思ってね……。ふふふ」

二匹に説明をしていると、どうやらリヴァイアサンが本格的にさなぎから出てきて完全体になったようだ。

ベヒーモスに負けないほど筋骨隆々な青い肉体に、背びれや硬い鱗をまとう二足歩行の魚人。

「僕って気に入ったものはすぐに使いたくなったりしちゃうんですよ。……そこでなんですけど、さっきのゴーレムってめちゃくちゃカッコよかったですよねぇ……」

：おっ、そうだな
：待て、何をするつもりだ……？
：まさか？ｗ
：オイオイオイ
：もしかして合体ですかーーッ！！！？

スピアがフォルテの頭に飛び乗ると、パキパキと骨をまとわせ始める。

骨は全身を包み、さらには背中から四本の腕を生やし、敵を倒すことしか考えていない形態へと変わる。

二階のボスであるゴーレムの形態、壊滅炎殻機械式・擬似阿修羅から考えた、スピアとフォルテのこの形態の名は……。

「さぁ……蹂躙して!!　――〝殲滅穿角覇纏式《せんめつせんかくはてんしき》・白阿修羅《しろあしゅら》〟!!!!」

『ブモォオオオーーッツ！！！！』

〝殲滅穿角覇纏式・白阿修羅〟。さっきの休憩中に、ネーミングセンスのある幼馴染の一人に考え

ておいてもらったのだ。

思わず叫びたくなる名前をつけてもらってとても満足している。

：カッコいい†
：男の子はこういうのが大好きね～ｗ
：ネーミングセンス良いなぁ……
：テンション上げてけよサク民ィ！　これがこの層最後の殴り合いだーーッ！！！
：「サクたん無双《むそう》」でゲーム発売しようぜｗｗ
：→乗った。プログラミングは任せろ
：なお、当の本人は戦わない模様ｗ
：白阿修羅がカッコよすぎてまぢむり……♡

成体のリヴァイアサンは体に水流をまとって防御を強めていた。だがそれは意味がない気がする。

『グガァァ……！！！』

『ブモォオ！！！！』

白阿修羅はドヴッと音を立て、地面にクレーターができるほどの威力で駆けだし、六本の腕でリヴァイアサンを殴り続ける。

その打撃を全てまとう水流で弾いており、一見効果がないように見えるが……。

「威力が強すぎたら……そりゃあ水流くらいなんか変えれるよね」

『ブモォオァアアアア！！！！』

『ッ！！？』

質と量が圧倒的に上の白阿修羅の攻撃で、リヴァイアサンがまとう水流が変わり、白阿修羅がその一瞬の隙を突いて拳を叩き込んだ。

——ドゴォォォン！！！

そのたった一撃でリヴァイアサンは後方に吹き飛び、胴体には風穴が空いた。

『グゴァ……!!』

『！』

しかしリヴァイアサンがしぶとく次の動きを見せた途端、白阿修羅が僕に駆け寄ってきた。

どうやらリヴァイアサンが広範囲に及ぶ水流の攻撃を仕掛けてきたみたいで、このままだと僕が巻き込まれかねないから助けに来てくれたらしい。

『ブモブモブモブモォォ！！！！』

無数の水流が全方位から迫ってきたが、白阿修羅は拳を構え、六つの拳でそれを弾き返し始める。

——ドパパパパパパパパパァン！！！！

：オラオラしッシュｗｗｗ
：水流全部拳で防いでるうううう！？！？

：うぉおおおお！
：頑張れ白阿修羅ァーー！！！
：これにはスター〇ラチナもニッコリ
：ステゴロ最強すぎｗｗ
：拳で抵抗してて草
：フィジカルギフテッド

全ての水流を拳で殴って防ぎ続けると、水流が弱くなり始めた。

しかしリヴァイアサンはこの間、水をチャージし続けていたようで、次の瞬間に口から超高圧洗浄機のような水のビームを放ってくる。

「危なっ！」

白阿修羅が防ぎに入り装甲で耐えるが、雨垂れ石を穿《うが》つ。長く受け続けていたら、さすがに自慢の装甲でも突破されてしまうだろう。

『……！！！』

――ボッッ！！！！

『ガ……ァ……？』

防御を続けていたように見えた白阿修羅だったが、余っていた他の腕を勢いよく発射し、リヴァイアサンの頭をわし掴みにした。

考える隙を与えず、リヴァイアサンを宙に放り投げる。そして、その落下先は——白阿修羅一直線だ。

腰を据え、拳を構え、ありったけをぶつける。

『ブモォオオオォォオオオーーッッ！！！！』

——ズドドドドドドドドドドドド！！！

目にも留まらぬ速さの連撃が繰り出され、リヴァイアサンの肉体はみるみるミンチになっていく。

重い一撃を最後に喰らわせて天井まで吹き飛ばしたのだが、殺意が高い白阿修羅は頭のツノを最後に射出させ、完全に命を奪い取ってみせた。

：やべぇてぇえええええええ！

：WRYYYYYーー！！！！

：アリーヴェ帰るチ（さよならラ〇オン）

：オーバーキルｗｗｗ

：くっそ速《はえ》ぇラッシュ、リアルでできんのかよ……（ドン引き）

：な～に～!?　深層三階ボスもやっちまったなァ！

：えぐいってｗ

：サクタンを崇めなければ……（英語）
：私たちの国がこれに襲撃されたら終わりだねｗ（英語）

「ううーん……二人ともごめんね、あの魔物が弱すぎて全然楽しめなかったよね」
『ブモッ』

：サクたん「深層三階ボスは雑魚！」
：そうか？　そうだなぁ……そうかもなァ！（洗脳済み）
：今なら勝てる気がしてきた。行ってくるぜ☆
：→おう。逝《い》ってくるニキはちゃんと成仏してくれよな
：まだ全然真価発揮できてないっぽかったしなぁ……
：白阿修羅さいきょ～！！！
：今のうちにサクたんへの供物《バナナ》集めとけ

深層三階ボス・メタモルリヴァイアサン――撃破。

＃　＃　＃

――同時刻、深層六階隠し部屋にて。

「…………。あ、あの……三階のボスであるメタモルリヴァイアサンが討伐されたんすけど……」

「あぁ、知ってる。……なんだあの化け物を召喚する化け物はァ！！！　めちゃくちゃ怖すぎんだろ！！！　おしっこ漏れりゅううう！！！！」

「先輩のクールキャラがぶっ壊れてるっす‼」

人工的に大氾濫《スタンピード》を起こした二人組は、隠し部屋で待機しながら上の状況を把握していた。

もちろん、無双する咲太も見ている。

「このままだと、この調子でどんどん突破されちまうっすよ⁉」

「……仕方ねェ。七階ボスを強化させるぞ……」

「いっ⁉　で、でもそれじゃあ俺たちは……」

「作戦が失敗すればどうせ俺たちは消される。それなら……こっちに賭けた方が良い……！！！」

一か八かの大博打《ばくち》だった。

だがこの決断は、最終的に咲太を追い詰めることになる……。

いずれ最強の錬金術師？
SOMEDAY WILL I BE THE GREATEST ALCHEMIST?
1~16
小狐丸
KOGITSUNEMARU
シリーズ累計（電子含む）100万部突破!
2025年1月ついに
TVアニメ化!!
コミックス
1～7巻
好評発売中!
1～16巻
好評発売中!
勇者召喚に巻き込まれ、異世界に転生した僕、タクミ。不憫な僕を哀れんで、女神様が特別なスキルをくれることになったので、地味な生産系スキルをお願いした。そして与えられたのは、錬金術という珍しいスキル。まだよくわからないけど、このスキル、すごい可能性を秘めていそう……!? 最強錬金術師を目指す僕の旅が、いま始まる!
聖剣から空飛ぶ船まで、何でも造れる
最強スキル
錬金術!!
読者賞受賞作
圧倒的第1位
……僕、のんびり暮らしたいだけなんだけど
最強の生産スキル
錬金術発動
◉16巻 定価:1430円(10%税込)
1~15巻 各定価:1320円(10%税込)
◉Illustration:人米
◉7巻 定価:770円(10%税込)
1~6巻 各定価:748円(10%税込)
◉漫画:ささかまたろう B6判

月が導く異世界道中
Tsukiga Michibiku Isekai Dochu
あずみ圭
Azumi Kei
1~20
8.5
シリーズ累計420万部の超人気作!
(電子含む)
TVアニメ第3期
制作決定!!
1~20巻
好評
発売中!!
コミックス
1~14巻
好評発売中!
illustration:マツモトミツアキ
月が導く異世界道中
あずみ圭
薄幸系男子の成り上がりファンタジー、開幕!
なんでだろう 親の都合で異世界へ
読者賞受賞作!
待望の書籍化!
異世界へと召喚された平凡な高校生、深澄真。彼は女神に「顔が不細工」と罵られ、問答無用で最果ての荒野に飛ばされてしまう。人の温もりを求めて彷徨う真だが、仲間になった美女達は、元竜と元蜘蛛!?とことん不運、されどチートな真の異世界珍道中が始まった!
▶3期までに◀
原作シリーズもチェック!
月が導く異世界道中
1
あずみ圭
木野コトラ
29万部
とことん不運、されどチート!!
20巻 定価:1430円(10%税込)
1~19巻 各定価:1320円(10%税込)
14巻 定価:770円(10%税込)
1~13巻 各定価:748円(10%税込)

勇者じゃないと追放された最強職【なんでも屋】は、スキル【DIY】で異世界を無双します

著 華音楓 Kaede Hanaoto

レシピと材料があれば
武器でも薬でも家具でも
瞬時にDIY完成!!

ある日突然、勇者を必要とした異世界の王様によって召喚されたサラリーマンの石立海人《イシダテカイト》。しかしカイトのステータスが、職業【なんでも屋】、所持スキル【DIY】と、勇者ではなかったため、王城から追放されてしまう。帰る方法はないので、カイトは冒険者として生きていくことにする。急に始まった新生活だが、【なんでも屋】や【DIY】のおかげで、結構快適なことがわかり——

●定価:1430円(10%税込)　●ISBN 978-4-434-34680-4　●illustration:ファルケン

この作品に対する皆様のご意見・ご感想をお待ちしております。

おハガキ・お手紙は以下の宛先にお送りください。

【宛先】

〒150-6019 東京都渋谷区恵比寿 4-20-3 恵比寿ｶﾞｰﾃﾞﾝﾌﾟﾚｲｽﾀﾜｰ 19F
（株）アルファポリス　書籍感想係

メールフォームでのご意見・ご感想は右のＱＲコードから、
あるいは以下のワードで検索をかけてください。

アルファポリス　書籍の感想　検索

ご感想はこちらから

本書は Web サイト「アルファポリス」（https://www.alphapolis.co.jp/）に投稿されたものを、改稿、改題、加筆のうえ、書籍化したものです。

動物《どうぶつ》に好《す》かれまくる体質《たいしつ》の少年《しょうねん》、ダンジョンを探索《たんさく》する

～配信中《はいしんちゅう》にレッドドラゴンを手懐《てなず》けたら大《おお》バズりしました！～

海夏世もみじ（みなせもみじ）

2024年　10月30日初版発行

編集－芦田尚
編集長－太田鉄平
発行者－梶本雄介
発行所－株式会社アルファポリス
〒150-6019 東京都渋谷区恵比寿4-20-3 恵比寿ｶﾞｰﾃﾞﾝﾌﾟﾚｲｽﾀﾜｰ19F
TEL 03-6277-1601（営業）　03-6277-1602（編集）
URL https://www.alphapolis.co.jp/
発売元－株式会社星雲社（共同出版社・流通責任出版社）
〒112-0005 東京都文京区水道1-3-30
TEL 03-3868-3275
装丁・本文イラスト－LLLthika
装丁デザイン－AFTERGLOW
印刷－中央精版印刷株式会社

価格はカバーに表示されてあります。

落丁乱丁の場合はアルファポリスまでご連絡ください。

送料は小社負担でお取り替えします。


ISBN978-4-434-34690-3　C0093